neue frau
herausgegeben von
Angela Praesent

Calixthe Beyala

Wen die Sonne liebt, den tötet sie

Roman

Rowohlt

Die französische Originalausgabe erschien 1987 unter dem Titel
«C'est le soleil qui m'a brûlée» bei Éditions Stock, Paris
Deutsche Erstausgabe
Deutsch von Anna Schmitt
Umschlagentwurf Isa Petrikat-Velonis
(Foto Irmeli Jung)

18.–20. Tausend März 1992

Veröffentlicht im Rowohlt Taschenbuch Verlag GmbH,
Reinbek bei Hamburg, März 1989

Gesetzt aus der Sabon Lasercomp
LibroSatz, Kriftel
Druck und Bindung Clausen & Bosse, Leck
Printed in Germany
880-ISBN 3 499 12425 4

Für Asseze S., die Frau,
deren Schweigen mir soviel zu sagen hatte.

Ich bin schwarz, aber gar lieblich, ihr Töchter Jerusalems . . . Sehet mich nicht an, daß ich so schwarz bin; denn die Sonne hat mich so verbrannt. Meiner Mutter Kinder zürneten mit mir. Sie haben mich zur Hüterin der Weinberge gesetzt; aber meinen eigenen Weinberg habe ich nicht behütet.

Das Hohelied Salomos,
Erstes Kapitel

«Hier gibt es Leere, Öde, Drama. Es findet außerhalb von uns statt, erstreckt sich in Dimensionen, die uns unerreichbar bleiben. Es ist wie der Atem des Todes.»

Ich habe Ateba gekannt seit ihrem neunzehnten Lebensjahr.

Alle fanden sie schön, und Ich, Ich, die niemand sehen oder hören wollte, Ich, das Tier, das sich ganz hinten in der Höhle noch ungedachter Gedanken verbarg, Ich war damit einverstanden, daß man sagte, sie sei schön; denn die Schrecken, die sich unaufhörlich vor meinem Auge abspielten, hatten mich die Kunst gelehrt, zu schauen, ohne zu sehen, und nur das zu sehen, was ich meinen Augen wahrzunehmen befahl. Das ganze Jahr über, sobald die Morgendämmerung ihre Grauschleier gelüftet hatte, setzte sie sich auf eine Bank, vollführte die Bewegungen einer erwachenden Frau und lauschte Combi, der Nachbarin. Und jeden Tag erzählte Combi dieselbe alte Geschichte: «Wenn das Leben nicht aufhört, mir an die Gurgel zu gehen, zerreiße ich den Körper, den mir mein Mann stiehlt.» Und jeden Tag, gemäß einem Gesetz, gemäß dem jede Wahrheit angeblich meßbar war und das – angesichts der unendlichen Fülle von Wahrheiten, Wesen und Dingen – etwas Unveränderliches darstellte, empfing Ateba ihre Dosis therapeutischer Ratschläge, die ihre Tante Ada ihr verabreichte. Ihre Tante schwor, daß sie zum Ziel führten, sofern sie befolgt würden, daß sie nicht irreführend seien, es nicht sein konnten, da die Gottheit nicht mehr existiere, da das Göttliche in Bewegung sei wie ein Film. Ateba rührte sich nicht, mit überkreuzten Armen, den Blick ins Leere gerichtet, hörte sie ihr zu oder auch nicht. Sie hatte einen aufrechten Gang. Ada war stolz darauf. Jedem, der es hören wollte, sagte sie immer wieder: «Es ist mir gelungen, ihr dasselbe Schicksal, wie es das meine ist, einzuimpfen, wie es das meiner Mutter und davor das meiner Großmutter war. Die Kette ist nicht unterbrochen, die Kette ist niemals unterbrochen worden.» Sie schnalzte mit der Zunge, ließ ihren Hintern wogen, schneuzte sich laut und gab frivole Details aus ihrem Leben zum besten. Manchmal vergaß sich jemand und stieß hervor: «Also, Ada, das ist eine Frau!»

Aber Ich, die Ich so unsichtbar war, wie man nur unsichtbar sein kann, Ich wußte, daß der Mund log, Ich wußte, daß die Zunge log; Ich wußte, daß selbst die Ohren, die zaghaft und schüchtern ihre Portion Vorschriften aufnahmen, logen; alle logen ... Denn niemand wußte, daß hinter diesem jungen Mädchen von neunzehn Jahren, das still durch die dreckigen Gassen des Viertels strich, der Schatten der Frau hinterhertänzelte, die jeden Tag um die Abenddämmerung auf das Rinnsal starrte, das durch das Viertel floß, und sich fragte, was sie wohl tun könnte. Ich war die einzige, die ihre Verwirrung begriff. Ich hörte zu, nahm Anteil, Ich erbot mich, ihr zu helfen, so gut Ich konnte. Ich rief die Sterne an, Ich brachte Seelenzustände durcheinander, niemand aber hörte mir zu, niemand achtete auf mich, alle waren sie mehr mit ihrem Dache über dem Kopf beschäftigt als mit mir. Mit einem Wort, Ich störte, Ich war lästig, es wurde Zeit, daß Ich meinen Platz bei den Sternen wieder einnahm. Ich schwieg neunzehn Jahre und neunzehn Monate lang. Ich wartete auf den geeigneten Moment. Denn der Weise und der Geist sollen nur auf das Wesentliche antworten. Hat man je eine Mutter gesehen, die auf eine Frage antwortet, bevor sie gestellt wird? Ich wartete, Ich wurde älter, Ich zeigte Schwächen. Ich wartete darauf, daß alle Kinder Afrikas zu mir kämen, alle Kinder der Welt. Sie sollten wissen, daß der Mensch weint, statt zu lachen, daß er redet, statt zu singen. Sie sollten lernen, daß die Verwirrung von Werten, Ideen, Empfindungen und Erinnerungen schließlich die Geschichte bis in ihre Wurzeln getötet hat. Ich wollte so viel ... Und die Frage kam nicht, würde nicht kommen; Ich würde sterben inmitten meiner Wünsche, ohne deren Quellen an die Oberfläche gebracht zu haben, ohne einmal aus der Mitte der Toten auferstanden zu sein ... Heute habe Ich genug von alldem! Absolut genug! Ich habe Lust zu reden. Ich habe schreckliche Lust zu reden, von diesem öden Morgengrauen, von diesen Stunden, die vergangen sind, bis zur Ankunft des Mannes ... Ohne gegen die Wahrheit zu verstoßen, kann Ich sagen, daß er an allem schuld ist. Und sie – sie mußte die Sterne verführen, um zu überleben.

Jean Zepp stürmt die Treppe des Sägewerks, vier Stufen auf einmal, hinunter. Im Laufschritt läßt er das schmiedeeiserne Tor hinter sich, stürzt auf die Straße und ruft ein Taxi.

«Zum G-Viertel bitte.»

«Dein Pech», sagt der Fahrer naserümpfend. «Hast du mein Taxi gesehen? In so ein Loch fahren? Niemals!» Und startet durch.

Erdrückende Hitze. Quälende Sonne. Ein Geschwader dicker schwarzer Fliegen umschwirrt einen Berg Mist. Ratten spielen Verstecken. Räudige Hunde und Katzen streiten sich um Abfälle. Etwas weiter hockt ein Alter auf der Straße, das Gesicht eingefallen, ein Bananenbüschel zwischen den Beinen. Kaut Kolanüsse und lauert darauf, daß gelegentlich eine Rikscha vorbeikommt.

Zepp wartet. Er hält sich gut. Er will, daß man es merkt. Angriffslust im Blick, Wagemut um den Mund, hält er den Daumen hoch. Vorbei fahren die Taxen. Vorbei geht die Zeit.

Er schaut auf seine Armbanduhr: 12 Uhr 30. Eine Stunde schaut er also schon den Taxen nach, bis sie am Ende der Straße verschwinden, ihr «Nein» in die Luft knatternd.

«Ich will ins G-Viertel.»

«Bist du krank oder was?»

«Ich will ins G-Viertel.»

«Laß dich von deiner Mama hintragen.»

«Ich will ins G-Viertel.»

«Warum nicht nach Paris?»

Noch viel beleidigendere Absagen nicht mitgezählt.

Schicke Taxen. Taxen wie ihr Fahrer. Fettig, schmutzig, vernachlässigt, verschlampt. Aber welch ein Unterschied zum Viertel. Ein anderer Dreck, dem des Viertels überlegen. Denn der Dreck teilt sich in zwei Kategorien, wie die Weiber. Auf der einen Seite der nahrhafte Dreck, bei dem man, auch wenn man darin nichts zu essen findet, noch den Duft von Überfluß einatmen kann. Reiche, verwelkte, verderbte Weiber, bereits den Geruch des Todes ausströmend, doch immer noch heißblütig und großzügig. Auf diesem Gebiet weiß Jean Zepp Bescheid. Die begnadete Zeit bei Mama Mado ist noch nicht lange vorüber. Mado mit ihren – wie sie zugibt – schon mehr als sechzig Lenzen. Und Zepp, der war ihr Vögelchen. Er setzte sich auf die Zweige und sang. Besang ihre Beine, besang ihre Arme, besang ihre Lippen. Sie besangen zusammen die gleichen Dinge, sie verstanden einander nicht, sie waren glücklich, sie wußten nicht, welcher Art ihr Glück war, sie hätten ihr Leben dafür gegeben, bei Morgenröte gemeinsam aufzustehen. Ach Mado! Auf ewig in sein Gedächtnis eines Habenichts eingraviert. Hintern, Banknote, Weib. Alles ganz anders als dieser leere Dreck des Viertels. Dreck pur, genaue Kopie des armen, bereits vor sich hin dämmernden Weibs. Schlaff, abstoßend, unnütz, nicht mal einen Geruch ausströmend, dem man mit der Nase nachgehen möchte!

Die Luft ist erstickend. Der Straßenteer schmilzt vor sich hin, und seine Plastiksohlen kleben am Asphalt. Schweren Herzens und mit vor Wehmut bebenden Nasenflügeln entschließt sich Jean, den Weg zu Fuß zu gehen. Widerwillig geht er an sieben Grenzsteinen auf der staubigen Chaussee vorbei, die eingesäumt wird von alten Villen im Kolonialstil. Er sagt sich, daß früher . . . Nein. Es gibt kein Früher, es gibt die Erde ohne ein Früher. Es gibt Menschen ohne Vergangenheit, denn die liegt vor einem. Der Mensch marschiert geradeaus, ohne zu zögern, ohne zu schwanken; sich nur umdrehend, um sich klarzumachen, daß es schon andere Vorstöße gab, irgendwo in der kollektiven Erinnerung vergraben. Und vor Jean liegt die Straße nach Norden. Er wird sie gehen wie schon Jacques, Paul, Isidor, Essamé, Abaga und viele andere vor ihnen. Er wird das Meer überqueren, Autos, Möbel, Kühlschränke, Gasherde mitbringen. Und er wird sie allen Taxen zeigen, die es ablehnen, ihn mitzunehmen: heute ganz in Leinen gekleidet, morgen in Leder, übermorgen in Kaschmir, in Wildleder, überall Yves-Etikette darauf, und das platinblondeste Wesen der Welt in seinen Armen. Mama wird glücklich sein, sie wird ihm Geld schicken, sie wird die am meisten beneidete Mama sein mit ihren schicken Haushaltsgeräten und Kleidern von Marçon Griffel. Er wird Häuser bauen, luxuriöse Häuser, immer luxuriösere. Ein Haus für die Tante, eines für den Cousin, eines für den Cousin des Schwagers, mit Blech und Marmor aus dem Ausland, und eine Frau aus dem Ausland. Er zieht die Brauen zusammen, die so buschig sind wie brachliegendes Land. Er hat sagen hören, daß das platinblondeste Wesen der Welt die Familie nicht mag . . . zumindest . . . heute hat er keine Zeit. Er wird ein andermal darüber nachdenken. Zuerst einmal muß er sein Wohnungsproblem lösen. Übrigens ist er inzwischen angekommen. Da ist das Viertel.

Feuchte Hitze, hypnotisierend weißer Himmel. Die Fassaden ähneln runzligen alten Damen, und die alten Damen ähneln rostigen Fässern, eine wie die andere vom Leben zerfressen, mumifiziert vom Warten auf das Leben. Die Männer und Frauen auf der Straße gehen langsam, schwerfällig. Einige sprechen mit sich selbst. Andere werfen ihnen erstaunte Blicke zu und sagen: «Ach! Der Arme. Total verrückt. Ach, welches Elend!» Und dann beginnen sie selbst, im Gehen Selbstgespräche zu führen. Jean überquert die Brücke, hält einen Moment inne, um sich mit dem Handrücken den Schweiß von der Stirn zu wischen, bevor sein Blick an dem Haus vor ihm hängenbleibt. Da ist es. Genau da. Er kann sich nicht irren. Sein Informant hat ihm ausdrücklich gesagt: «Nach der Brücke das erste rechts.» Und da das Schild, schief an die Mauer gehängt: «Zimmer zu vermieten». Er kann sich dort einquartieren und den Tag abwarten, an dem er mit seinem Schicksal abrechnet. Er klatscht in die Hände, um sich anzukündigen, und tritt ein.

Der Empfang ist eisig. Ada liegt in einem Sessel aus braunem Kunstleder, ein Arm auf der Armlehne, ein Arm zwischen den Schenkeln; sie fragt ihn aus: Woher kommt er? Wohin geht er? Was macht er? Wer zahlt? Eine strenge Unterredung, die es zu bestehen gilt. Fallen als Erstaunen getarnt. Gezieltes Verhör. Wiederholungen von Fragen. Zehn-, zwanzig-, hundertmal, die Hand immer noch zwischen den Schenkeln, die Lippen geschürzt über großen, auseinanderstehenden Zähnen, dem Gitter vor einem Abflußkanal gleich. Er wittert die Falle, Jean Zepp ist der mit weiblichen Signalen vertraute Mann. Erster Grundsatz: Sich nicht beeindrucken lassen von dem wildwasserartigen Redefluß des Weibes. Zweiter Grundsatz: Erhebliche

Umstände für sich behalten. Dritter Grundsatz: Erzählen. Und er erzählt. Lustige Geschichten, unwiderstehliche, phantastische. Hat sie ferngesehen? Was? FERNSEHEN. Nein. Nein? Er, ja er hat ferngesehen an seiner Arbeitsstelle. Der Empfänger, der Bildschirm, die Bilder, die Landschaften, ein Mann, eine Frau. Wirkliche? Was unterscheidet schon das Wirkliche vom Unwirklichen? Was unterscheidet Freude von Leiden? Was unterscheidet Gott und Mensch? Und den Schatten und den Menschen? Sie leben, essen, lieben, haben eine Eigendynamik. Wie wir. Wie die Tiere und die Pflanzen . . . Das Wesentliche ist, sie sprechen zu hören, ihnen zuzuhören und ihre Geheimnisse zu erschließen. Nur dann wird man sie zähmen können.

Ada hört ihm gleichzeitig beunruhigt und bewundernd zu. Aha. Ja, ja. Der Mann hat einen Bart. Sie hat schon Männer gesehen in ihrem Leben, solche, die hinter Frauen her waren und die Belohnung vergaßen; solche, die ihre eigene Wolle brieten und unter dem angewiderten Blick ihrer Frauen verschlangen. Sie hat Schuldige gesehen, Falschliegende, Usurpatoren, Nachtschwärmer . . . Aber der hier ist nicht einzustufen. Gewiß ein Importartikel. Von einem starken Gefühl bewegt, fängt sie an zu reden:

«Gott hat dich geschickt, mein Sohn. Da es Gott ist, der dich geschickt hat, wünsche ich, daß du noch heute einziehst. Dem Herrn darf man nicht widersprechen. Er weiß, was er tut. Der ist nicht dumm! Es ist unmöglich, ihn zu täuschen . . . Man muß auf seiner Seite sein, mein Sohn. Nur zu diesem Preis schaut er durch unsere Fenster.»

«Ich weiß, Madame, ich weiß.»

«Ich freue mich, mein Sohn, daß du vernünftig bist. Leider muß ich mich der wichtigsten Pflicht entziehen, indem ich dir nicht selbst das Haus zeige. Meine Tochter wird sich darum kümmern. Du wirst sehen. Sie ist sehr nett.»

«Ich weiß, Madame, ich weiß . . .»

Allerdings sprach er zu hastig, denn er wußte nicht mehr, was er eigentlich wußte; aber er wußte, daß er das Zimmer brauchte.

Das Sonnenzimmer, wie man es großspurig nennt, ist das hellste im Haus. Ein kleines längliches Fenster spendet Licht, das von einem Stück Laken gedämpft wird. Auf dem Boden verstreut liegen alte Zeitungen, Kippen, Korken und Kronkorken. An den Wänden Postkarten und Titelbilder von Zeitschriften. In einer Ecke ein niedriger Tisch und ein wackliger Sessel.

Die Hände in den Taschen, geht Jean in dem Zimmer auf und ab. Der schwache Schein, der durch das Fenster dringt, genügt, um dicke Lippen, verschmitzte Augen und behaarte Hände zu betonen. Er denkt daran, daß er alles säubern und möblieren muß, aber dazu hat er keine Lust. Er hat zu nichts Lust. Doch, auf das Zimmer hier und auf die Platinblonde, jetzt gleich. Er zündet sich eine Zigarette an, nimmt einen Zug und, den Blick zur Decke, wagt er es endlich, das Mädchen anzusprechen, das seit zehn Minuten vor sich hin starrt, um nicht seinem Blick zu begegnen.

«Deine Mutter hat mir gesagt . . .»

Plötzlich hebt Ateba den Kopf und sieht ihn an.

Ich, Ich wußte, daß sich alles gemäß der Vorsehung der Sterne abspielen würde, die den Ursprung der Frau und die Herkunft des Mannes kannten. Ich wußte, sie würde den Kopf heben und ihre Sehnsucht zu sprechen zeigen, damit die undeutlichen Worte zu Licht in ihrem Dunkel würden. Ich wußte, daß sie so sprechen wollte, daß der Mann sich der Grenzen seiner Wahrheit bewußt würde. Ich führte ihren Atem, ich lenkte ihre Lippen. Das war meine Aufgabe.

«Ada ist nicht meine Mutter. Sie ist meine Tante.»

Sieh an! Wieder eine, die wie die Europäerinnen spricht.

«Ich hätte tatsächlich geschworen, daß du eines von diesen wohlerzogenen jungen Mädchen bist, die sich heutzutage so rar machen. Offenbar habe ich mich geirrt. Die Gnädigste möge mir verzeihen.»

Verbeugung. Lächeln, aber die von buschigen Augenbrauen überdachten Augen lächeln nicht. Eine beunruhigende Gewalttätigkeit lauert auf dem Grund der Pupillen.

«Wie darf man Sie denn nennen? – Kurz Gnädige oder Madame Weiß?»

«Weder noch. Aber merken Sie sich, daß man weder lebt noch stirbt an Stelle von anderen.»

«Biest!»

«Ich bewahre meine Identität.»

«Kannst du mir sagen, welchen Unterschied es zwischen deiner Tante und deiner Mutter gibt? Vielleicht, daß die eine dich im Bauch getragen hat und die andere nicht?»

«Vielleicht . . .»

«Schlampe! Seine Werte aufzugeben! Du mußt wohl auch noch das europäische Gedankengut annehmen, was? Wenn die Weißen uns auslöschen werden, wirst du dann reagieren?»

«Vielleicht.»

Sanfte Töne, eine Herausforderung. Dieses Wort gefällt ihr, es bremst ihn, sie wiederholt: «Vielleicht.» Ihm würde es nicht gefallen. Die Zeit ist aus dem Gleichgewicht geraten, der Mensch ist aus dem Gleichgewicht geraten, was interessiert der Rest! Sie hat den Überblick über die Jahre verloren. Schon so lange wartet sie auf die Rückkehr ihrer Mutter, sie ist in Gedanken nur in der Vergangenheit. Sie hat auf den Morgen gelauert, der die Ferien brachte, die Regengüsse, den Mais; sie kamen, Betty kam nicht. Januar, Februar, März, sie begriff nichts mehr. Für sie waren die Monate alle gleich. Warum Januar vor Februar? Warum Oktober vor Dezember? Sie mochte den Juni gern. Sie hätte sich gewünscht, daß das Jahr mit dem Juni anfinge und mit dem Juni aufhöre. Der Mensch hatte sich in der Reihenfolge der Monate geirrt. Sie wartete darauf, daß er sich dessen bewußt würde, und jeden Tag hoffte sie unsinnigerweise auf den Moment, von dem an der Mensch die Monate rückwärts zählen würde. Sie sagte: «Die Toten sind nicht tot. Betty ist nicht fortgegangen. Es hat nie Krieg gegeben. Der Mensch hat sich in der Zeit geirrt.» Und alles ist vergangen. Die Gegenwart ist verbrannt. Ohnc sic. Ohne irgend etwas. Vielleicht.

Sie hat nicht gesehen, wie er sich ihr mit seinem Körper näherte. Sie schrak aus ihren Gedanken auf, als sie seine Hände sich auf ihre Arme legen sah. Er schüttelt sie, er schreit, sie atmet seinen nach billigem Tabak riechenden Atem ein. Empfindet sie Ekel? Sie unterdrückt ihn.

Woanders sein, andere Gerüche wahrnehmen. Das Meer. Das Salz, Straßengeschichten, ein vorbeikommender Hund, ein trauriger Körper, ein beleidigtes Gesicht oder einfach ein Luftzug.

«Biest! Nutte! Schlampe! Und ich habe dich für ein anständiges Mädchen gehalten! Du hättest meine Frau sein können. Aber du bist nur eine Nutte!»

Er brüllt, er schüttelt sie, sie sagt nichts. Dabei hätte sie es ihm erklären können, ihm sagen können, daß sie ihn nicht verletzen wollte, daß sie im Grunde ein anständiges Mädchen sei, im Grunde ihrer Seele, da, wo das Boot auf den Meeren der Frau schlingert. Damit er sie nicht mehr anrührt. Damit er sie nicht mehr schüttelt. Damit er sie nicht mehr beleidigt.

«Alle gleich», keucht er. «Ihr seid alle gleich.»

Und wenn sie aus dem Fenster spränge? Sie würde fallen. Fallen, dann aufstehen. Los, Frau, falle. Das ist dein Schicksal; die Fackel in der Finsternis zum Leuchten bringen, bevor du die Legende wiederfindest. Das ist der Weg der Frauen, eine Einbahnstraße. Deine Verwandtschaft mit dem Tod ist gesichert. Und danach? Nichts, Frau, nichts. Es wird Tausende von Blumen regnen, wenn der Oktober kommt, und die Männer ... Nun, die Männer werden mit dem Opfern beginnen.

Wie durch einen Traumschleier stellt sie sich plötzlich vor, sie sei vergewaltigt, da auf dem dreckigen Fußboden. Sie fängt an zu schreien, sie hat Angst, ihr wird schwindelig, ihr wird schlecht; ihm gefällt die Angst, der Schmerz, der Abgrund; er zieht sie zu sich heran und drückt ihr einen Kuß auf, er erwartet die Ohrfeige, sie kommt nicht; enttäuscht stößt er sie von sich und fängt an zu reden. Er spricht sehr schnell, in sich überstürzenden, rechtfertigenden Worten. Er sagt, er habe nie eine Frau vergewaltigt, sie haben es alle selbst gewollt, alle. Das ist für ihn Ehrensache. Hört sie ihm zu? Seine falsche Würde, sie kann damit nichts anfangen. Er hallt nach in ihr und überall, er ohrfeigt den Wind, er schlägt das Fenster, er beleidigt die Gedanken, die sie aussprechen möchte und für sich behält; die Tränen, die in ihr sind und die sie unterdrückt.

Aber die Frau, sie hört nicht zu. Sie begreift und läßt ihn

bis ans Ende gehen, bis die Worte versiegen. Jean geht und wirft die Tür hinter sich zu; sobald sie allein ist, bricht sie in Schluchzen aus. Sie weint, sie bittet die Tränen zu kommen, endlich zu kommen, ihr Dasein in einen endlosen See zu verwandeln und sie zu reinigen, ihr Leben zu heiligen. Denn der Mann hat es mit seinen Verleumdungen verdüstert, hat sie mit seinen Händen beschmutzt. Ah! Wenn die Sterne das wüßten. Einst war Ateba eine Frau. Sie war Tausende von Frauen. War sie schön? Man konnte nicht sagen, ob sie schön war, da die Häßlichkeit noch nicht existierte; die Schönheit war ein Zufallsprodukt des Mannes, da er durch die Straße zog und seine Abscheu hinausschrie vor allem, was nicht er selbst war.

Sie war Ateba, und alle Frauen waren in ihr. Sie verführte den Regen und den Wind, sie war göttlich.

Jahre ist es her, daß Ateba so geweint hat. Sie beobachtet die Tränen, sie verfolgt ihre Wut, sie versucht, ihr auf die Schliche zu kommen. Es gelingt ihr nicht.

Sie setzt sich in den Staub und horcht in die Straße hinein. In der Ferne weint ein Kind, eine Frau jammert, ein Hund jault. Die Klagetöne lenken sie ab, denn sie liebt das Klagen der anderen, sie hat schon immer diese Schluchzer geliebt, die sich verlieren, sich wiederfinden, sich vereinen, auch wenn anderswo das Glück stolz seines Weges geht. Sie liebt es, sich in den Schmerz zu stürzen wie andere ins Meer, darin zu baden, zu versinken. Die Hölle der anderen trocknet ihr die Augen, sie räkelt sich langsam und streckt sich auf dem Boden aus. Sie sagt sich, daß sie ihre Trauer auslebt in dem Zimmer, das Jean bewohnen wird. Bald wird sie ein Leichnam sein in seinem Manneszimmer. Jeder Stein, jeder Ziegel, jedes Brett, jedes Sandkorn wird ihre Spuren tragen, Spuren ihres leblosen Körpers. Sie sagt sich, daß er, der ihr Leben nicht respektierte, ihren Tod überleben, ihren Körper betrachten, sie seinem Gedächtnis einverleiben wird, gegen seinen Willen. Um sich zu befreien, wird er Leid und Züchtigung anrufen. Doch die werden nicht antworten, denn das Leid ist ein Geschenk, ebenso wie die Züchtigung, nichts wird es mehr geben, das ihm als Schutzschild dienen könnte ... Aber wie zum Teufel kann sie so jung schon an ihren Tod denken? Vorahnung? Nein. Sie will nicht, sie will überhaupt nicht sterben. Sie will nicht krepieren mit offenem Mund wie Onkel Samba, der gesoffen hat wie ein Loch; nicht auf Zehenspitzen sterben wie Großmama, der der Tod die Eingeweide herausgerissen hat. Sie will nicht ... sie will nicht. Sie ist Ateba, jung, hübsch, lebhaft, mit Tausenden von Nächten und deren Glanz vor sich. Sie hat nichts dagegen, daß der Tod sie zart streichelt, wenn sie nur in der Morgendämmerung wieder aufwachen, sich zu den Sternen aufschwingen kann. Ist sie abergläubisch? So fragt sie nicht. Sie gehorcht ganz einfach alten Anweisungen: «Denk nie solche Sachen ... Indem du daran denkst, beschwörst du es herauf. Wenn dir jemals so ein Gedanke kommt, dann sprich darüber mit jemandem.» Und sie weiß, daß sie, koste es, was es wolle, mit jemandem reden muß. Mit Ada? Das gäbe viel zu viele Schwierigkeiten, ganz abgesehen von den vielen Warums, die sich zwangsläufig gegen sie wenden würden. Combi? Da müßte sie sich gleich auch deren Liebes- und Leidensgeschichten anhören. Dazu hat Ateba keine Lust. Sie beschließt, mit sich selbst zu sprechen. Das tut sie mit Vorliebe. Als Kind, wenn sie nicht brav gewesen war, zog sie sich, bevor sie jemand zurechtweisen konnte, in ihr Zimmer zurück. Und da, in der Einsamkeit und Stille, spielte sie ihr Spiel. Es begann damit, daß sie sich auszog, sich im Schneidersitz ans Fußende des Bettes setzte, mit gestrafften Schultern, die Arme ausgestreckt, die Hände aneinandergelegt wie eine indische Prinzessin. Mit geschlossenen Augen sprach sie dann, zum Beispiel erklärte sie mit tiefer Stimme:

«Du, Ateba Léocadie, Bürgerin und Dienerin Ihrer Majestät, des Königs von Awu, bist des Hochverrats angeklagt, der Heimtücke gegenüber der natürlichen Ordnung des Lebens, weshalb du verurteilt wirst zu einer Geldstrafe von fünfhunderttausend Francs und hundert Peitschenhieben. Angeklagte! Was hast du zu deiner Verteidigung vorzubringen?» Eine andere Stimme antwortete, diesmal die eines Kindes: «Möge Ihre Majestät Ihrer demütigen Dienerin gnädigst verzeihen. Das Glas ist mir aus den Händen gerutscht. Ich bitte Ihre Majestät um Gnade. Ersparen Sie mir die Peitsche. Ich werde alles tun, was Ihre Majestät verlangt, aber bitte ersparen Sie mir eine solche Erniedrigung.»

«Ich will nichts hören!» tönte die tiefe Stimme. «Hinfort mit ihr. Zum Henker!» Und die Kinderstimme schluchzte und flehte reumütig: «Verschont mich, Herr! Ich verdiene Ihren Zorn, doch verschonen Sie meinen Körper! Ich bin schuldig, doch züchtigen Sie mich nicht! Der Atem des Todes, o Herr, streift bereits meinen Körper.» Je mehr sie bat und bettelte, um so mehr ging die Phantasie mit ihr durch. Die demütige Dienerin, vom Henker bedrängt, erregte das Mitleid der Volksmenge. Die Massen verstanden nichts, sie warfen mit Steinen, zerbrachen Fensterscheiben, um zu zeigen, daß sie verstehen wollten, um nicht mehr zu verstehen, um nicht mehr verstehen zu müssen. Schließlich retteten die Massen sie, denn das Unbekannte waren die

Scharfrichter, sie waren der Feind. Ateba war ihnen völlig gleichgültig.

Ateba steht auf, zieht ihren Rock aus und schließt die Augen: «Meister Tod. Ich sehe, daß Ihr Euch mir mit Sanftmut nähert. Ich spüre Ihre Wärme, und doch ist mir so kalt. Vielleicht brauche ich zusätzliche Decken? Ja. Ich habe mit Ihrer Idee gespielt, mit Ihrer schrecklichen Idee . . .» Plötzlich wird sie still. Sie kann sich an die Worte des Todes nicht mehr erinnern, sie wird sich ein andermal mit ihm unterhalten. Ein wenig beruhigt, streckt sie sich auf dem Boden aus. Die Luft ist zum Ersticken, macht schläfrig. Sie hat wahnsinnige Lust zu schlafen. Aber der Körper bewahrt wie eine Verletzung den Abdruck dessen, der sich kurze Zeit vorher gegen sie gepreßt hat. Unsinnig, es zu versuchen, die Erinnerung ist noch so frisch. Ateba steht auf. Sie läuft in Adas Schlafzimmer. Sie entknotet ihren Rock. Sie stellt sich vor den Spiegel, spreizt die Schenkel. Sie untersucht die Schamlippen. Sie führt einen Finger ein. Kein Blut. Sie zieht sich wieder an.

Die Zeit bis zum Abend ist irgendwie vergangen. Vielleicht hat sie geschlafen, gegessen, getrunken; sie weiß es nicht mehr, sie hat nicht darauf geachtet, wie die Zeit verging; sie hat sich nichts gedacht; sie blieb einfach bei sich, ohne in sich zu schauen, ohne in sich zu horchen. Ab und zu ein Blick nach draußen, zu den anderen.

Schließlich steht Ateba im Eßzimmer, deckt den Tisch und nimmt die kommende Ruhe des Schattens in sich auf. Zuerst legt sie die Bestecke nebeneinander, um möglichst sparsam mit Gesten zu sein, denn die ausgreifenden Gesten schneiden in die Augen. Erst dann verteilt sie die

Bestecke. Ateba ist verrückt, was Augen angeht. Schon als Kind war sie dafür bekannt; sie versteckte sich vor den Blicken, die sie verfolgten, und verfolgte die Blicke, die ihr auswichen. Außerdem stellte sie sich vor, die Sterne hätten Tausende von Augen, die einen befreien oder mit einem Zwinkern töten könnten.

Bei ihren Balgereien auf der Straße begann sie damit, die spitzgefeilten Fingernägel in die Augen zu drücken und genoß die Vorstellung, ihre Hände würden klebrig von der zähen Flüssigkeit.

Sie sagte: «Ich werde dir die Augen ausstechen . . . ich werde dir die Augen ausstechen.» Und sie dachte: ‹Gib mir deine Augen, gib sie mir. Sie gehören dir nicht.› Und die anderen Kinder sagten: «Bleibt fort von ihr, bleibt bloß fort. Ihr wißt nicht, wozu sie fähig ist!»

Aber an diesem Abend hat sie keine Lust anzusehen, wie Adas Augen sich am Manne festhaken. Sie will nicht zusehen, wie die Frau den Mann mit ihrer Anwesenheit umgarnt. Sie will sie nicht bis zum Schlafengehen begleiten, bis zum Rand des Vergessens. Sie leidet darunter, ihre Köpfe so entfernt und doch einander so nah zu sehen. Wie kann sie dem Haß nur entkommen? Man müßte die Menschen umarmen können, ohne sie zu berühren. Sobald sie spürt, daß die Männer sie berühren, versinkt sie im Haß. Sie verkörpert diese Tausenden von Frauen, denen man ihr Kind entrissen hat. Der Haß muß sein. Sie ist eine Verbannte. Der Haß hat seine Berechtigung. Man hat sie ihren Wurzeln entrissen. Wenn sie nicht haßt, verliert sie ihr inneres Gleichgewicht.

Ateba schlüpft in ihr Zimmer und läßt sich auf ihr Bett fallen.

Sie beschließt, bis zum frühen Morgen durchzuschlafen, ohne Unterbrechung, ohne aufzuwachen, ohne zu träumen. Sie schließt die Augen und wartet darauf, daß ihr Wille die Schläfrigkeit besiegt. Es ist zehn Uhr abends. Das Viertel schläft, Ateba versucht zu schlafen, sich zu verhalten wie alle andern. Das Volk? Es schläft auch. Ateba gelingt es nicht. An Stelle des Schlafs wächst um sie herum beängstigende Dunkelheit. Sie bekommt bei dem leisesten Geräusch eine Gänsehaut. Das Herz klopft ihr bis zum Hals. Wozu den Gespenstern ausweichen, wenn sie ihr doch den Schlaf rauben? Besser, sich ihnen entgegenzustellen, ihnen den Garaus zu machen, als sich von ihnen den Garaus machen zu lassen.

Ateba steht auf, geht im Zimmer umher, beugt sich aus dem Fenster. In der Ferne liegt die Stadt in künstlicher Stille da. Von Zeit zu Zeit ein Luftzug, das Bellen eines Hundes oder einfach nur ein Schatten, den die Nacht verschluckt. Trotz der Sterne, die den Himmel pünkteln, siegt die Finsternis. Sie drückt auf ihren Körper, auf ihre Nerven. Langsam nähert sie sich wieder dem Bett. Sie legt sich hin und zieht ihr Höschen aus. Bald wird sie in ihrem Körper die Gefühle des Mannes spüren, sie wird sie schwächen und sich auf Distanz halten, um nicht den Keim der Verwirrung zu empfangen. Ihre Hüften werden sich von selbst bewegen, sich einschwingen in die Hitze der Begierde, die von ihrem Bauch ausströmt, damit sie endlich Schlaf findet.

Seit langem war Ateba daran gewöhnt, sich zu streicheln, um einschlafen zu können. Sie schloß die Augen, streichelte sich, sie lockte das zärtliche Gefühl herbei, sagte ihm, es solle kommen, mit seiner ganzen Wärme die Hüften durchströmen, sie einhüllen, bis sie spürte, daß sie zum Orgasmus kommen würde. Noch hatte sie dieses

Gefühl durch keinen Mann erfahren, nicht durch sein Bild und nicht durch seine Gesten, durch seine Begierde voller Finesse und Torheit oder durch sein Bedürfnis, sich ein Ebenbild zu schaffen.

In dieser Nacht hält sich der Schlaf auf Distanz. Bei Tagesanbruch sitzt Ateba aufrecht auf ihrem Bett. Sie steht auf, zieht sich an und nimmt ihr Frauenleben wieder auf.

Ada ist wach. Sie schaut Ateba an, fragt sie nicht, weshalb sie so niedergeschlagen aussieht, fragt nicht nach den Ringen unter den Augen, in denen Angst bebt. Ada hat sie noch nie wirklich betrachtet, sie kennt sie nicht, sie kennen einander nicht, sie leben seit Jahren Seite an Seite, ohne einander zu sehen. Sie werden sterben, ohne einander wirklich gesehen zu haben. Ada hat sie immer «meine Tochter» genannt, sie hat immer ihre Fügsamkeit geschätzt und ihren Gehorsam, wenn es hieß: «Geh auf den Markt, spüle das Geschirr, leere meinen Nachttopf aus.» Nie hat sie zu ihr gesagt: «Ich möchte mit dir über dich reden, ich möchte, daß wir über mich reden.» Sie weiß, Ateba ist noch Jungfrau, sie hat es nachgeprüft. Und manchmal, wenn ihr Verlangen unerträglich wird, sagt sie schon mal: «Heirate endlich, damit ich meine Ruhe habe, und dann kannst du machen, was du willst!»

Ich, die Ich nicht existiere, Ich sah sie in den Tag hineinleben ohne Freude, ohne Überraschung. Ich sah, wie sie den Tod zum Narren hielt, um ihn besser hinnehmen zu können. Ich sah, wie sie sich ins Leben stürzte, ohne die lästige Himmelsdecke über ihrem Kopf zu lüften. Ich wußte von Atebas Wunsch, wenn sie Ada ansah. Ich wußte von ihrer Angst vor dieser Verflechtung von Muskeln und Gliedern, Ich wußte von ihrem Bedürfnis, über sich hinauszuwachsen, zu tanzen, einsam zu tanzen, als Tänzer und Tänzerin zugleich, mit großen Schritten, die sie an ihre Grenze bringen würden. Statt dessen sah Ich sie an jenem Morgen ins Badezimmer stürzen, den Rock heben und mit Inbrunst pinkeln.

Die Gäste kamen in kleinen Gruppen, schweren Schrittes, mit erhobenen Köpfen und wichtigtuerischen Mienen. Natürlich haben sich die Männer in den Sesseln ausgestreckt, in den Stühlen, auf den Bänken, und natürlich sofort den kümmerlichen Schatten der Bäume in Beschlag genommen. Zusammengepfercht im hinteren Winkel des Hofes, hocken die Frauen auf umgestülpten Kisten und seufzen und gestikulieren unablässig. Unter ihren langen Kabas rascheln Plastiktüten, in die sie später die Reste füllen werden. Nach und nach ändert sich die Stimmung. Die Männer geben ihre aufgesetzten Mienen auf, um zu reden. Sie reden sehr schnell. Die Wörter, die Sätze gleichen sich, nur die Stimmen sind verschieden. Es sind tiefe Stimmen dabei, helle, dunkle. Und immer wieder diese Macht, dem, der laut spricht, eine vage Überlegenheit zu vermitteln. An Unbequemlichkeit gewöhnt, hören die Frauen auf zu schmollen und lassen ihren Zungen freies Spiel. Sie lassen vergangene Feste wieder aufleben, gelungene Hochzeiten, phantastische Kommunionsfeiern, bei denen sie gegessen haben, bis sie fast platzten. Sie hoffen, sich die Bäuche auch diesmal vollschlagen zu können. Pah! Das Leben ist kurz. Sie wissen nicht, was morgen sein wird. Zwischen einer wohlgepolsterten Dicken und einer kleinen, faltigen Alten steht Ateba. Den Blick zum Himmel gerichtet, steht sie selbstvergessen da. Ich schaue sie an, bestärke sie in ihrem Schweigen. Der Himmel ist nicht leer, da sind die Sonne, der Mond, die Sterne. Der Himmel ist belebt. Sie möchte an seinem Gewölbe spazierengehen, darin versinken, nie mehr ängstlich sein. Im Himmel ist die Wahrheit wahr, und das Licht trägt keine Maske, weder die der Verdammnis noch die der Erlösung, nichts als die Sinnlichkeit des Wissens, die noch in jedem Gedächtnis lebendig ist. Und die Wolken? Das sind Bücher, Tonnen von Büchern, in denen die furchtbaren Gewalttaten geschrieben stehen, die der Mann dem Menschen angetan hat. Eines Tages wird die Vergangenheit kommen, und an ihren Baum gelehnt, wird die Frau die Gegenwart zu einem Ball zusammenknüllen und sie in den Fluß der Abscheu werfen. Und wenn sie sich irrte? Wenn sie Hirngespinsten nachhinge? Wenn die Vergangenheit gar nicht wiederkäme? Und wenn die Frau weiterlebte in einer zerrissenen Welt?

Die rauhe Stimme der neben ihr sitzenden Dicken reißt sie aus ihren Gedanken.

«Weißt du, warum Etoundi uns eingeladen hat?»

«Nein, Madame, aber ...»

«Zur Beschneidung seines Sohnes.»

«Er beschneidet seinen Sohn», mischt sich die Alte ein, lacht ein leises, verkrampftes Lachen. «Ich frage mich, ob es da Wein gibt.»

«Egal», erwidert die Dicke verächtlich. «Ich habe mich darauf eingestellt, mit leerem Magen wieder nach Hause zu gehen. Etoundi ist wie alle anderen. Alles im Kopf, nichts in den Händen.»

«Egoismus, das ist heutzutage Mode! Die Jungen verstehen es nicht mehr zu geben. Das haben ihnen die Weißen in die Köpfe gesetzt.»

«O nein; das ist nicht die Schuld der Weißen! Unsere Jungen wollen ihnen nur ähnlich sein.»

«Finden Sie nicht, daß die letztendlich recht haben?» unterbricht schalkhaft eine ziemlich Magere, die dem Gespräch von Anfang an gefolgt war. «Die Familie, ja die Familie, Familie, Familie und noch einmal Familie! Es wäre vielleicht an der Zeit, daß sie ein wenig an ihre eigene Zukunft denken.»

«Und was wären sie ohne die Familie?» fragt spöttisch die Dicke.

«Man macht die Kinder nicht für sich selbst», bringt sich die Magere ein. «Wenn wenigstens jede Mutter und jeder Vater das in den Kopf bekäme, bliebe uns viel Elend erspart.»

«Sprechen wir von was anderem», unterbricht scharf die Alte. «Der Wind hat Ohren.»

«Da kommt Etoundi.»

Ein kleiner, massiger Mann bahnt sich einen Weg durch die Menge. Die Mäuler verstummen. Stühle werden zurechtgerückt. Die Frauen senken respektvoll den Kopf. Eine stellt geschäftig einen Stuhl in die Mitte des Hofes. Eine andere reicht ihm ein Glas Kokosschnaps, das er nicht würdigt. Eine dritte tupft ihm den Schweiß von der Stirn. Endlich spricht er:

«Der Evila-Clan!»

Mit einer einzigen Stimme ertönt der traditionelle Erwiderungsruf der Menge.

«Liebe Brüder und Schwestern, legt eure Herzen in eure Hände, damit die Himmel den Moment begünstigen, da unser Sohn Soto in die Welt der Erwachsenen eintritt.»

«Owééé!»

Er lächelt, hebt theatralisch die Hand.

«Schwierigkeiten haben mich gezwungen, dieses Fest bei Ada zu veranstalten. Sie hat sich sofort bereit erklärt. Es lebe die Epoche des Dorfes!»

«Owééé!»

Ateba hörte zu oder auch nicht. Manchmal spürt sie etwa um diese Stunde, da die Familientreffen stattfinden, daß das Unglück kommt. Es kriecht in ihren Körper, läßt sie frösteln, es ist ihr kalt, dann ist ihr warm, sie bekommt keine Luft. Sie langweilt sich. Auch Ich langweile mich, Ich nähere mich ihr. Ich ziehe ihr zaghaft die Lippen auseinander, sie lächelt; Ich seufze, sie hört es oder tut so, als höre sie es nicht; Ich mache mich davon in den Weltraum, sie vergißt die Himmelsstraße und betrachtet die Erde. Ateba ist anders als die Erde, sie hat ihre Illusionen über die Erde verloren und hat Schwierigkeiten, sie wiederzuerkennen, sich selbst wiederzuerkennen. Zuviel Schatten liegt über dem Licht. Die Augen tränen vom Aufreißen . . . Wie können sie nur immer «Owééé» schreien, wo sie doch nicht da sind, um Gleichklang mit den anderen zu erfahren, sondern um sich vollzufressen? Wie können sie in diesem Moment alle Würde vergessen? Ateba erinnert sich an eine alte Dame, die immer lachte und die sie liebte. Sie nahm Ateba auf den Schoß und ließ sie hüpfen. Sie sang ihr die schönsten Lieder vor, erzählte ihr die schönsten Geschichten. An manchen Abenden versammelte sie die Kinder des Viertels um sich, und der Mond hielt Wache. Sie redete und redete, bis sich ihnen diese Gesten, diese Vertrautheit für immer eingeprägt hatte. Manchmal verlieh sie ihrer Unruhe über die Zukunft der Kinder Ausdruck, da sie selbst sich kaum in der Gegenwart zurechtfand.

Großmutter. Ihre Stimme beschwor für Ateba eine geheimnisvolle Welt, eine Welt, die den wahren Sinn des Lebens so wenig preisgab wie das Rätsel des Todes. Ateba sagte immer: «Erzähl, erzähl mir noch mehr.» Und stundenlang erzählte die Großmutter. Sie erzählte vom Wind, von den Sternen, dem Regen. Ateba verstand nichts mehr. Sie erzählte weiter. Ateba kam an ihre Grenzen, überschritt sie, überwand sie und ließ, schließlich müde, den Kopf an die Brust sinken, die nach getrocknetem Hering roch; und Ateba schloß die Augen.

Großmutter. Man erzählt sich, sie habe einen kränklichen, unscheinbaren Mann gehabt, der, noch nicht sechzigjährig, starb. Sie pflegte ihn, sie ernährte ihn, sie verachtete ihn. Jedem, der es hören wollte, sagte sie, das Wirkliche und das Unwirkliche, das Gute und das Schlechte, alle diese Unterscheidungen, die die Ordnung des Universums beherrschen, seien in seinem Kopf so durcheinandergeraten, daß sie all die Qualitäten verdeckten, die ihm die Natur mitgegeben hatte, und schamlos all seine Fehler enthüllten. Er hatte ihr neun Kinder gemacht, von denen die meisten früh starben, geholt von den Hexen, getroffen vom bösen Blick. «Das zarte junge Leben!» wehklagte Großmutter bitter. Nur Ada und Betty entkamen dem Massaker. Ada heiratete Samba, einen Palmweinverkäufer, der mehr davon trank, als er verkaufte. Er wurde eines Tages in der Gosse gefunden und ohne große Trauer der Erde wiedergegeben. Ada ersetzte ihn durch andere Männer, Hunderte von Männern. Betty, die kleine

Jüngste, Lichtschimmer der Hoffnung und des Lebens, wurde natürlich das Püppchen von Großmutter und Ada. Sie zogen sie auf, verhätschelten sie und beschützten sie vor allem Schlechten, selbst vor den Worten der Liebe.

«Ada möchte, daß du den Mieter davon unterrichtest, daß ein Herr sie zu sehen wünscht», flüstert ihr die dicke Nachbarin zu. Langsam steht Ateba auf und macht sich zögernd auf den Weg zum Haus, unter den bewundernden Blicken der Männer, die Etoundi zerstreut zuhören oder auch nicht. Und er brüstet sich, mit lauten Worten aus leerem Hirn verliert er sich in seiner Rede, die genauso leer und langweilig ist wie all die Leute, die ihm ihr Ohr leihen, ohne zuzuhören. Ein paar Frauen haben Bananenblätter in einer Ecke ausgelegt und flüstern sich mit gespitzten Mündern und blinzelnden Augen zu, welches Verhalten sie von dem in die Erwachsenenwelt eingeführten Jungen erwarten.

Ateba hat wahnsinnige Lust, mit Jean zu reden. Sie haben seit dem Vorfall im Sonnenzimmer nicht mehr miteinander gesprochen. Aus Mangel an Zeit? Aus Schüchternheit? Sie weiß es nicht. Jedesmal haben die Töne sich verflüchtigt, blieben die Wörter ihnen auf den Lippen kleben, wenn sie sich begegnet sind. Und jedesmal dieses beharrliche Bedauern, wie die Sorgen einer Schwangeren.

Eine plötzliche Angst lähmt sie, als sie das Haus betritt. Sie hat das Gefühl, in ein Labyrinth mit unbekannten Gängen zu geraten. Die Geister der Ahnen tauchen auf. Ihre Klagen erfüllen das Haus und verwandeln es in eine brennende Höhle. Ateba schreit, die Stimme dringt unkontrolliert aus ihrem Körper, sie hat die Gewalt über sich verloren. Ich neige mich zu ihr, tupfe ihr die Stirn ab, sage ihr, sie solle die Augen öffnen, sich anschauen, wie eine fröhliche Menge sich aus traurigen Menschen zusammensetzt, denn draußen beginnt das Fest. Sie weigert sich. Ich befehle es ihr. Sie schlägt die Augen auf. Ich betrachte ihre trotzige Miene. Ich schüttele den Kopf, besiegt. Diese Augen werden erst wieder schauen, wenn die Maskerade unter dem schattigen Gewölbe der Gartenlaube aufhört.

Zitternd richtet sich Ateba wieder auf. Sie sucht Halt an der Mauer und trocknet sich die Stirn. Seit Betty sie verlassen hat, hat sie diese Anfälle. Das sind nicht nur die Kapriolen eines verlassenen Kindes. Das ist etwas anderes, eine Angst, die sie mörderisch quält, die an ihr nagt, sie aushöhlt, die sie ganz verbrennen kann. Bei jeder Änderung ihres Lebens dringt diese Angst in sie ein und wächst von Stunde zu Stunde. Sie ist nicht mehr dieselbe, sie ist ganz und gar nicht mehr dieselbe. Gewiß, sie gehorcht wie immer, und wie immer wäscht sie, kocht sie. Aber in ihrem Innern wird eine andere Sprache gesprochen, und sie ist eifrig gemüht, diese für sich zu behalten, aus Angst vor Ada, vor den anderen, aber vor allem vor sich selbst: bis sie nichts mehr kennt, nichts mehr sieht, bis sie am Rand des Abgrunds steht, bis der Wahn sie ruft . . . Sie baut Schutzwälle, um die Angst einzudämmen. Schutzwälle aus bekannten Anhaltspunkten, damit die Vernunft sie nicht verläßt, damit sie dem Wahn nicht mehr verfällt. Sie kämpft und weiß doch, daß eines Tages eine viel stärkere Welle kommt, die sie forttragen wird. Und was hat Jean mit alldem zu tun? Daran wird sie ein andermal denken. Auf unsicheren Beinen verläßt Ateba ihren Schlupfwinkel und geht in Richtung Sonnenzimmer. Von weitem wehen Festgeräusche zu ihr herüber, ein Gemisch aus Worten und ersticktem Lachen. Ateba bleibt stehen, zögert einen Augenblick, öffnet dann die Tür mit einem Ruck. Ein Schrei. Wie versteinert läßt Ateba die Hand auf dem Türgriff. Jean dreht sich zu ihr um, öffnet den Mund und schließt ihn gleich wieder; das Mädchen dort auf dem Bettrand hat seine Hände noch um den Hals des Geliebten geschlungen. Ich sehe, wie sie erstarren. Ich beobachte, wie Haß und Scham sich in den Augen kristallisieren und sie verdunkeln. Ganz tief im Innern jubiliere Ich. Der Haß hat seine Berechtigung. Bald würde Ich ihn wiederfinden.

Wieviel Zeit ist vergangen? Eine Minute? Fünf Minuten? Die Zeit existiert für Ateba nicht mehr. Es gibt kein Fest mehr. Es gibt nichts mehr. Denn die Frau dort ist sie. Sie muß fliehen, fortlaufen, den Schmerz um seine Wirkung bringen. Sie geht, knallt die Tür zu, überquert den Flur. Ihr Herz klopft wild. Ihre Nerven vibrieren. Wie aus einem weit entfernten Universum taucht die Vorstellung von zwei Körpern auf, die sich lange aneinandergerieben haben, bevor sie sich nicht mehr rühren. Sie geht ins Badezimmer, taucht den Kopf in das mit Wasser gefüllte Becken, trocknet sich ab und betrachtet sich lange im Spiegel. Sie spuckt aus. Die Frau im Spiegel hat das verbitterte Gesicht einer betrogenen Ehefrau.

Draußen flirrt die Luft. Tanzende Hüften, lachende Herzen, strahlende Gesichter. Ein Kreis wird gebildet, es riecht nach Schweiß. Vier Arme halten den Jungen auf den Bananenblättern fest. Die Beine sind mager, der Bauch aufgebläht. Rachitisch, würden die Ärzte sagen. Trunken vor Angst rollt er die Augen. Er fleht und bettelt.

«Laßt mich los! Laßt mich los! Mama, hilf mir! Hilf mir, Mama! Ich will nicht! Ich will nicht!»

Ich sehe, wie er sich windet, sich wehrt. Niemand hört ihn, denn niemand will ihn hören. Gewiß, er schreit, gestikuliert, beißt, aber er wird nicht entkommen, er kann nicht mehr zurück, er wird Teil des Ganzen werden und Leid zufügen wie die anderen. Brandmarkt ein Schäfer nicht auch seine Lämmer? «Halt besser still», sagt ein altersloser Kurzbeiniger zu ihm. «Bald bist du ein richtiger Mann.» Ich bemühe mich, nicht laut loszulachen bei dieser Bemerkung. Aber es kommt nicht darauf an, denn Ich existiere nicht, niemand sieht mich. Ich stimme das Lied des Mannes an, der möchte, daß sein Wert an der Länge seines Schwanzes gemessen und seine Qualität an der fehlenden Vorhaut erkannt wird. Ich singe, und in meinem Innersten stelle ich mir eine Landschaft aus noch zuckenden Vorhäuten vor, kunstvoll auf eine Pinnwand aufgespießt wie Schmetterlinge. Ich singe aus Leibeskräften, und niemand hört mich. Ich störe nicht. Wer bin Ich überhaupt? Das Lied. Ich singe und rufe die Erinnerung an Frauen wach, die unter dieser langen Vorbereitung gelitten haben. Ich bin stolz auf mich. Ich höre mich singen. Ich bin überzeugt, daß Ich die Wahrheit darstelle. Ich singe aus dem einfachen Grund, da niemand auch nur ein Wort meiner Sprache versteht.

Die Ankunft des Beschneiders läßt Unruhe aufkommen. Die Reihen öffnen sich, um ihn durchzulassen, und schließen sich dann wieder. Keine Frage, es gilt, die Eröffnungszeremonie des faszinierendsten Spektakels der Welt nicht zu versäumen. Ein Mann reicht dem Beschneider ein Messer. Ein zweiter macht laut sein Recht geltend, die Vorhaut im Namen seines Vetters zweiten Grades zu beerdigen. Ein dritter bittet ihn, ein Gebet zu sprechen, um es Soto zu erleichtern, in die Erwachsenenwelt einzutreten.

In der blutgierigen Menge herrscht Erwartung, Furcht, Erregung. Die nur die Rücken der Nachbarn vor sich sehen, leben von den Geräuschen. Körper reiben sich an Körpern. Herzen klopfen. Schreie. Eine junge Frau sagt immer wieder:

«Mein Gott! Mein Gott! Ich seh nichts! Ich seh nichts! Rückt beiseite!»

Eine andere, die sich versteckt und doch etwas mitbekommen möchte, öffnet ab und zu die Augen und fragt unaufhörlich ihre Nachbarin: «Ist es soweit? Sag schon, ist es soweit?»

Ein Raunen geht durch die Menge. Der Beschneider hat seine Ärmel hochgekrempelt und die Schärfe der Klinge überprüft. Dann Stille. Jetzt ist nur noch das Klopfen der Herzen wahrzunehmen und das Summen dicker grüner Fliegen über den Kuchen mit Pistazien und Erdnüssen. Das Messer senkt sich, die Vorhaut fliegt, Blut strömt. Ein Aufschrei, gefolgt vom Beifall der Menge. Der Beschneider richtet sich auf. Müde wischt er sich die Stirn ab, läßt einen zerstreuten Blick über die Menge schweifen, lächelt. Der Beifall verdoppelt sich. Das Schauspiel ist zu Ende. Die Menge weicht satt zurück. Ateba hat der Beschneidung zugeschaut, ohne daß Abscheu die düstere Befriedigung gestört hätte, die sie empfand, als sie das Blut aus dem verstümmelten Glied spritzen sah. Und als Ich sie so hypnotisiert sehe von dem Blut, kommt mir der Gedanke: Wenn sie hier zuschauen kann, ohne zu schaudern, dann deshalb, weil das Blut sie nicht mehr anschauen kann. In seiner blinden Grausamkeit hat der Mann dem Blut die Augen herausgerissen; und von ihm gequält, hat das Blut schließlich sein Reich verlassen. Die Herrschaft des Blutes neigt sich dem Ende zu. Das Blut ist in ihren Augen nichts als Einbildung, künstliches Blut, geschaffen vom Mann, das Ursprüngliche zu ersetzen. Da das Blut keine Kraft mehr hat, wird alles, was unter der Erde lebt, schrumpfen, vergehen. Es wird nichts mehr geben außer dem Nichts. Und sie? Sie ist das Nichts, welches das Ganze erschafft. Ich liebe diesen Satz. Er gleicht all den kleinen Dingen des Lebens, von denen Ateba schwärmt, deren Ursprung sie jedoch nicht kennt und die nur für sie in ihrer Verwirrung einen Sinn haben. Ich hauche ihr diesen Satz ein. Sie lächelt. Sie denkt, daß es bald keine Frauen mehr geben wird, und weil sie dieses Nichts sind, das zugleich alles ist, werden sie sich schließlich in Nichts auflösen. Und dann? Sie weiß nicht mehr, sie will es nicht mehr wissen.

In der Schule hatte Ateba immer den Ruf, eine Meisterin des absurden Denkens zu sein. Sie triumphierte über ihre Gegner, indem sie sie in pseudophilosophische Diskussionen verwickelte, die schließlich in Gebrüll endeten. Dann rief sie verdrossen: «Ihr begreift nie etwas!» Sie zog sich in eine Ecke zurück, ließ ihren Verdruß und die Wut der andern abklingen, dann kam sie zurück, um sich verzeihen zu lassen, wenn sie auch immer noch überzeugt war, daß sie recht hatte und daß nur mit ihrer Geduld und Beharrlichkeit der Dunst der Zeit und der Nebel des Fortschritts zu durchdringen waren. Nun, zwei Jahre, nachdem sie die höhere Schule verlassen hat, teilt sie niemandem mehr ihre Erkenntnisse mit. Sie begnügt sich damit, sie sich selbst herzusagen oder sie auf Zettel zu schreiben, die sie dann schnellstens in Schiffchen verwandelt und auf dem durch das Viertel fließenden Rinnsal davonschwimmen läßt – ihrer Meinung nach ein sicherer Weg, ihre Ideen in die Welt zu schicken.

In letzter Zeit sind ihre Botschaften zahlreicher geworden. Sie hat an Jeanne geschrieben, an Pauline, Carole, Nicole, Molé, Kambiwa, Akkono, Chantal . . . An alle Frauen, die ihre Phantasie bevölkern und ihr die Nächte stehlen. Sie hat ihnen lange Briefe geschrieben, mit den gleichen Worten, den gleichen Sätzen. Und jedesmal hat sie ihnen gesagt, daß es die Welt nicht mehr gibt, daß es das Leben nicht mehr gibt; daß nur noch das Nichts regiert. Nicht ein einziges Mal hat sie an einen Mann geschrieben, diese Idee ist ihr überhaupt nicht gekommen.

Jean hat sich ihr ganz zaghaft genähert. Mit leiser, aber keinen Widerspruch duldenden Stimme hat er sie gebeten, ihm zu folgen. Sie hat gehorcht, sich aber vergewissert, daß niemand sie sah, daß alle Augen anders beschäftigt waren. Sie sind in sein Zimmer gegangen, und er hat den Schlüssel herumgedreht.

Vor ihr stehend in seiner über Bauch und Geschlecht zerknitterten Hose, die Hände über dem aufgeknöpften Hemd und der behaarten Brust, scheint er auf eine Erklärung zu warten, die nicht kommt. Wie sie ihn so in der Haltung eines obersten Richters sieht, kann sie nicht umhin, an den Mann zu denken, der einige Minuten zuvor sein Vergnügen zwischen den Schenkeln einer billigen Geliebten fand. Und da steht er nun! Allmächtiger! Einzigartig in seiner lässigen Kleidung, mustert er sie von seinen ein Meter achtzig herab. Und als sie ihn betrachtet, versteht sie besser, warum diese Männerkörper es geschafft haben, die Menschheit auf die Knie zu zwingen. Sie gehören denen, die zerstören, verwüsten, zerstümmeln, denen es aber gelingt, mit einem Augenzwinkern ihre Hände in Unschuld zu waschen. Sie liest in seinen Augen den Wunsch, sie eines Tages zu nehmen, nur des Vergnügens wegen, sie zu erniedrigen.

Jean kratzt sich am Hals.

«Was hattest du in meinem Zimmer zu suchen?»

«Ich hatte eine Nachricht für dich. Ich war gekommen, sie dir zu bringen.»

«Ich hatte eine Nachricht für dich und war gekommen, sie dir zu bringen», äfft er sie nach. «Du glaubst doch wohl nicht, daß ich das schlucke? Für wen hältst du mich eigentlich?»

«Aber . . .»

«Aber was?» unterbricht er sie. «Du bist gekommen, um mir nachzuspionieren!»

«Aber warum denn?»

«Darum», antwortet er, holt seinen Penis heraus und wirft ihr einen Blick voller Verachtung zu.

«Du bist total verrückt!»

«Nein, mein Schatz», höhnt er. «Du hast mich um mein Vergnügen gebracht. Ich verlange von dir, daß du es mir zurückgibst. Fair, oder etwa nicht?»

Er nimmt sie mit Gewalt in die Arme und fängt an, das Becken zu bewegen.

«Du wirst sehen, meine Liebe, es wird dir gefallen. Allen meinen Frauen hat es gefallen.»

«Laß mich los oder ich schreie», faucht sie.

«Stell dich nicht so an, meine Liebe, du weißt sehr gut, daß du das nicht tust. Aussage gegen Aussage.»

Während er sie streichelt, versucht er grob, zwischen ihre zusammengepreßten Lippen zu kommen. Tiefe Abscheu steigt in ihr auf, und sie windet sich so heftig, daß er sie losläßt. Sie stürzt zur Tür. Sie drückt die Klinke. Da reißt er sie an den Haaren zurück. Er zwingt sie, sich zu bücken, niederzukauern. Den Kopf in den Ausdünstungen des Mannes, den Mund an seinem Penis, sagt sie sich, daß er völlig verrückt geworden ist, daß sie völlig verrückt geworden ist, denn sie ist verantwortlich für das, was ihr passiert. In diesen letzten Nächten hat ihre Phantasie sie wegen des Mannes verlassen: diesen Fehler muß sie büßen ... Auf Knien, das Gesicht in den Himmel erhoben ... die Stellung der büßenden Frau seit Urzeiten ... kauernd, auf Knien ... so wollen es Mond, Sonne und Sterne. Wenigstens hinaus aufs Meer. Aber das Meer gibt es nicht mehr. Der Mann hat es in seiner Erinnerung eingesperrt, es gibt das Meer nicht mehr. Das Meer ist ein Mythos geworden. Und wenn sie den Lauf der Geschichte anhielte, indem sie mit einem kräftigen Biß ihrer Zähne sein Geschlecht herausreißen, ihm mit spitzen Fingernägeln den Unterleib zerkratzen würde? Von den Haaren würde sie ein Ragout machen, ein schwarzes, süßes Ragout, wie der Schatten, der die Sinne besänftigt nach dem Ansturm des Lichts. Aber Ateba Léocadie tut nichts, sagt nichts, sie hat nur ihre Tränen, die sie zurückzuhalten versucht und die wie üblich einen Schleier bilden, hinter dem sie über ihre Ohnmacht nachsinnt.

Eine Wahrheit drängt sich ihr gerade auf, vage, aber gleichwohl eine Wahrheit: In dieser historischen Situation kann sie tun, kann sie sagen, was sie will, sie wird immer unrecht haben. Der Mann ist er.

Hinter der Tür ein Geräusch. Jean läßt sie augenblicklich los. Sie steht auf, öffnet die Tür und läuft davon. Es war nur die Katze.

Ateba erinnert sich nicht mehr. Eine Woche ist vergangen, vielleicht auch zwei. Sie erinnert sich nicht mehr. Sie hat gemerkt, wie sie vorbeigingen, ohne sich Fragen zu stellen, ohne etwas zu geben, aber auch ohne etwas zu erwarten. Sie lebte ihr Leben. Sie hatte an Frauen geschrieben, ein Buch gelesen; ständig an Gott denkend, hatte sie ihn befragt. Woher er komme? Wer er sei? Ob er verheiratet sei? Glücklich? Zu erschaffen, um am tiefsten Grund des Seins zu existieren! Ob er verrückt sei? Könnte das Leben nicht nur ein Bild sein, gemalt von einem Verrückten, um dem Wahnsinn zu entfliehen, der ihn heimsucht? Es herrscht zuviel Unordnung in seinem Kunstwerk. Ob er leide? Ob es ihm schwindlig würde, dort, wo er sei? Höhen machen schwindlig. Ob er Übelkeit verspüre? Frauen verspürten Übelkeit während ihrer Schwangerschaften. Ateba war jedenfalls gelassen. Gott würde antworten. Des Nachts würde er antworten, davon war sie überzeugt. Denn sie fragte ihn nur nachts, und ihm war es wahrscheinlich peinlich, sich mit dieser Ansammlung von Dreck auf der Erde konfrontiert zu sehen. Ausgestreckt auf ihrem Bett, erwartet sie ihn jeden Abend, wenn die Stunde schlägt, da die Frau den Mann empfängt, ihm Trost spendet und ihn in den Schlaf wiegt bis an die Pforten des Vergessens; sie erwartet ihn wie die Dämmerung, die säen kommen und das Reale vom Geheiligten scheiden wird. Gott ist nicht gekommen. Sie beschließt, daß Gott alt ist und wahrscheinlich taub. Wenn Gott nicht hören kann, dann bleibt ihr nur, Zeichen zu geben oder zu schreiben. Sie entschließt sich zu schreiben. Sie schreibt ihm, wie man an Liebhaber schreibt, denen man nur zögernd und mit unsicheren, doppeldeutigen Worten seine Leidenschaft gesteht. Eine ganze Nacht hindurch schreibt sie. Der Stapel von Blättern wird immer höher. Ateba folgt der Bewegung, sie kämpft sich hinauf zu den Höhen, die frei sind von Leid, Ungerechtigkeit, Alter und Tod. Am nächsten Morgen hat sie vielleicht mehrere Dutzend Seiten. Sie liest sie durch und findet sie töricht. Sie weint. Gott hat bestimmt sein Leben verfehlt, indem er solche Dummheiten geschaffen hat. Und sie, Ateba, leidet. Sie leidet für Gott, der darunter leidet, sein Werk verfehlt zu haben. Sie trocknet ihre Tränen. Sie verbrennt den Brief, Seite für Seite, Wort für Wort. Sie nimmt ein weißes Blatt, faltet ein Schiffchen und schickt es an Gott.

An diesem Morgen ist es heiß. Der Unrat stinkt zum Himmel, die Kinder sind noch im Bett. Nur einige wenige Händlerinnen haben die Brücke überquert. Eine Müdigkeit liegt in der Luft. Versunken in ihren Sessel in der rechten Ecke des Wohnzimmers, schlürft Ada ihren Kaffee. Ateba sitzt ihr gegenüber und ist mit ihren Zähnen beschäftigt. Lucky, der Haushund, träumt unter dem Tisch. Von Zeit zu Zeit hebt er die Schnauze und seufzt laut, bevor er wieder einschläft. In diese faule Stimmung dringen aus der Ferne Töne, die sich langsam nähern.

«Ekassi ist tot! Ekassi, die Geliebte von Monsieur Combi ist tot.»

Die Neuigkeit verbreitet sich im Viertel und weckt es aus seiner Lethargie. Das nachbarschaftliche Nachrichtensystem springt sofort an. Ateba läßt ihre Zähne in Ruhe und geht hinaus.

«Ekassi ist tot. Monsieur Combi selbst hat sie gefunden. Kalt. Der Tod kam in der Nacht.»

Ateba watet durch den Informationssumpf. Sie sucht alle Stationen auf. Die Station Cancan sagt ihr, daß Ekassi von Madame Combi getötet worden ist, die Station Ragotar bestätigt die Neuigkeit. Madame Combi hat ihre Rivalin an die Hexer von Famla verkauft. Sie besitzt solche Gaben, daß selbst die Ärzte sich haben täuschen lassen. Diese Scharlatane behaupten, es handle sich um Herzstillstand. Bei der Dummheit dieser Idioten kann einem ja übel werden. Ein Herz bleibt nicht stehen. Ein Herz muß angehalten werden. Die Station Medicalot übertrifft sich selbst. Sie hat sich dem Problem vom biologischen Standpunkt aus genähert. Schlußfolgerung der vielen Untersuchungen, die in zahlreichen Laboratorien erfolgten: Madame Combi ist eine professionelle Mörderin. Die Analyse ihres Bluts beweist, daß Mord bei ihr als pathologisch zu betrachten ist. Außerdem ist es eine bewiesene Tatsache, daß diese Kranke in ihrem Nachttopf eine Boa hält, die Kükeneier und menschliche Föten verschlingt. Geringfügige hormonelle Störung, würden die Weißen sagen, diese Hohlköpfe. Man sollte so bald wie möglich handeln in Anbetracht der Risiken, denen die Frauen ihrer Umgebung ausgesetzt sind, die – das weiß man ja bereits – zum größten Teil unfruchtbar sind. Ada ist eine von ihnen.

Ateba durchstreift weiter die Straßen, nähert sich langsam den Gerüchen des geräucherten Todes von frisch gepflücktem Teufelskraut, bis sie sich vor dem Sterbehaus befindet.

Ekassi liegt ausgestreckt auf einem großen Bett. Tot. Die Kerzen um sie herum sprechen für sich. Ein Christus aus Plastik breitet auf ihrer Brust die Arme aus. Der kleine schwarze Kopf hebt sich wie ein Stein deutlich vom Leichentuch ab. Die Lippen sind von bläulichem Grau. Um sie herum tanzen zahlreiche fette Fliegen den Totentanz.

Man wird sie bald beerdigen müssen. Am Fußende des Bettes die Klageweiber. Sie werfen sich auf den Boden, zerreißen ihre Kleider, beklagen den Tod. Auf der Veranda reden die in ihrem Kummer viel würdigeren Männer mit leiser Stimme und ziehen dabei an ihren Bärten und Schnurrbärten. Alte mit sorgenvoller Stirn kauen Kolanüsse und erinnern sich an andere Plagen, anderen Kummer, andere Tränen, die sie haben ertragen müssen, bevor ihr eigener Körper langsam verfällt.

Ateba lehnt sich an einen Baum und holt tief Luft. Immer hat sie sich bemüht, nicht in der Öffentlichkeit zu weinen, immer fand sie es obszön, Kummer zur Schau zu stellen, so obszön, wie die fetten Weiber, die sich für begehrenswert halten und in engen Röcken mit den Hintern wackeln. Eine Alte kommt auf sie zu; ein verlebtes Gesicht. Graue Strähnen unter dem Schal. Sie betrachtet Ateba aus dem Augenwinkel, dann von oben nach unten. Mißtrauische Falten um den Mund.

«Du weinst nicht?»

Ateba senkt den Kopf. Wieder und wieder fährt sie sich mit der Zunge über die Lippen. Wenn sie antworten würde, würde sie sagen: «Frau, welchen Wert haben die Tränen in unseren Tagen? Sie sind nichts als Ausscheidungen.»

Sie hat nichts gesagt. Die enttäuschte Alte humpelt davon, über die egoistische, fühllose Jugend schimpfend. Ateba sieht mit traurigen Augen, den Blick in die Ferne gerichtet, der schwindenden Silhouette nach, bis sie nicht mehr zu sehen ist. Wie Ich weiß sie, daß dies alte Schandmaul von Fenster zu Fenster schlendern wird, um an der untersten Schmutzschicht der Erziehung zu kratzen. Von Mund zu Ohr und von Ohr zu Mund werden die sterilen

Worte wandern: «Diese Jugend! Mein Gott, was für eine Jugend! Zu meiner Zeit wurde man mit Tränen in den Augen und einem Lächeln auf den Lippen geboren!» Ateba hat nie gewußt, wann es zu lachen und zu weinen galt.

Als Ateba nach Hause kommt, ist es schon reichlich spät. Die angsteinflößende Masse Adas erwartet sie, in ihren Sessel gegossen, den Schatten der Nacht im Rücken. Als Ada sie sieht, erhebt sie sich abrupt und baut sich vor ihr auf. Ich weiß, was Ateba erwartet, Ich ziehe mich in mich selbst zurück, Ich habe zu sehr Angst vor Lärm, Ich verstecke mich hinter dem Vorhang. Ich höre mein Herz schlagen, auch wenn Ich gar kein Herz habe. Gott, was für eine Welt. Jetzt haben schon die Geister Angst wie die einfachen Sterblichen! Gewiß, meinen Tod habe Ich selbst erschaffen, Ich habe den Part übernommen, meine Unsicherheiten heraufzubeschwören, sie zu befragen. Wer bin Ich? Wohin gehe Ich? Wohin werde Ich gehen? Gott. Die Ungewißheit ist unendlich bis in ihre Gewißheiten hinein. Die Drohung entmutigt mich und doch . . . Ich habe es durchaus gewußt, bevor ich mich in dieses Abenteuer begab: Seit Betty von ihr fortgegangen ist, funktioniert Ateba nur auf Druck. Morgens Druck, mittags Druck, abends Druck. Alles ist eine Frage des Drucks. Allein ihre Fähigkeit, sich völlig ins Nichts zu entziehen, alles zu benutzen, um zu trotzen und Kummer zurückzuhalten, hat es ihr erlaubt zu überleben. Ich halte mir die Ohren zu. Ich rede mir ein, daß genau in diesem Augenblick Zeugen nicht erwünscht sind.

«Woher kommst du? Weißt du, wie spät es ist?»

«Ja, Madame, aber . . .»

«Aber was?»

Die Hände in die Hüften gestützt, schreit Ada herum. Draußen wiegen sich die Mangobäume. Sie künden Regen an. Ateba senkt den Kopf. Es gehört sich für sie, wie ein Kind zu warten, bis der unflätige Mund dann plötzlich schweigt. Dann erst wird sie kleinlaut und ausweichenden Blicks erklären, wie sie sich die Zeit vertrieben hat.

Ateba hat gewartet, bis Ada sich beruhigt hat. Dann hat sie ihr mit gebrochener Stimme gesagt, daß sie zu Ekassis Trauerfeier gegangen ist. Sie hat beobachtet, wie Adas Gesicht vor Vergnügen aus den Fugen gerät. Ada geht tastend rückwärts. Ihr Hintern findet den Sessel. Sie hat ihre Kaba weit hochgezogen. Darunter schwitzt sie.

«Wie geht es der Toten?» fragt sie unvermittelt.

«Gut, Madame.»

«Man muß sie morgen beerdigen. Es liegt ein Gewitter in der Luft. Und bei dieser Sonne wird sie bald stinken.»

Sie seufzt und läßt sich wieder in ihren Sessel zurückfallen. Sie wendet den Kopf nach hinten. Ihre Augen folgen einem imaginären Punkt auf dem Dach. Gleich wird sie zur Totenwache gehen. Sie wird weinen wie gewohnt. Zwischen zwei Seufzern wird sie vom Tod sprechen. Sie wird ihre Freundlichkeit, ihre Zurückhaltung, ihre Schönheit zur Verfügung stellen. Und alle die anderen Frauen der Totenwache werden wehklagen, jammern, weinen und schreien. Die kleine Männerdiebin, der Alptraum aller normalen Hausfrauen, wird geehrt und vergöttert zwischen zwei wachsbleichen Kerzen. Man wird sieben Tage und Nächte davon sprechen. Dann wird man sie vergessen. Ich vergaß, es deutlich zu sagen: Das Viertel vergißt alles. Selbst seine Scheiße wegzuspülen.

Ada ist fort. Die Nacht hat das Viertel verschluckt. Ateba wälzt sich herum. Draußen in der Nacht ist Leben. Das Bett lebt auch. Sie schließt umsonst die Augen, die Angst gibt nicht nach. Um diese Nacht keine Angst zu haben, hätte sie in Adas Arme fliehen, den Geruch ihrer Achselhöhlen einatmen, sich ihr ausliefern, ihr Fleisch spüren müssen. Sie hätte auf die Straße gehen müssen, um den Regen und den Wind zu verführen, erst dann hätte sie allein Frieden gefunden.

«Vergiß nicht aufzuräumen, was noch so herumliegt», hat Ada im Weggehen zu ihr gesagt, nachdem sie ihr die Ohren getätschelt hat in dieser widersprüchlichen Nacht, die aus manipuliertem Leben, aus zusammenhanglosen Phasen, aus Geheul, aus Unruhe besteht. Sie hat sie nichts aus ihrem Leben gefragt, nicht nach ihren Ängsten, ihren Wünschen. Im Gegenteil, sie hat sie mit der Angst vor dem Tod gestreichelt. Sie hat die jungen Leute schlechtgemacht, die nichts mit unserer heutigen Zeit anzufangen wissen. Breitbeinig stand sie da und befahl Ateba, den Tisch zu decken. Sie hat dann gegessen und schamlos die Fischgräten in die Gegend gespuckt. Ateba blieb stehen für den Fall, daß sie noch Salz, Pfeffer oder Wein wollte. Sie wollte Wasser. Sie hat sich die Finger über dem Teller gewaschen, in dem Myondoblätter schwammen, und hat in ihren Zähnen gestochert. Dann ist sie gegangen und hat Ateba noch ermahnt, es sei in dieser Nacht nicht gut, draußen zu sein, in der die Götter mit Kummer, Krankheit und Wahnsinn um sich werfen. Ich sehe, wie Ateba sich im Bett quält. Ihr Bewußtsein stört sie. Ihr Frausein, das aufhören möchte, aus den herkömmlichen Quellen das archaische Wissen zu schöpfen, das zum Tod führt und wieder Leben gibt. Ich betrachte ihr verwirrtes Bewußtsein, entkräftet von Andeutungen und dem Druck der Masken. Ich sage mir, daß es vielleicht an der Zeit wäre, mich auf meinem Stein schlafen zu legen und zu warten . . . Ich verschwand. Später sollte Ich erfahren, daß der Ablauf vorgezeichnet war und weder meine Anwesenheit noch meine Abwesenheit seinen Verlauf zu ändern vermochten.

Am anderen Morgen steigt der Tag über einer morastigen Landschaft auf. Die ganze Nacht über sind gewaltige Wassermengen auf die Erde niedergefallen, und regensatt spuckt die Erde, was ihr zuviel ist, in Schlammbrocken wieder aus. Überall schleicht sie sich hartnäckig an, hebt die Behäbigkeit der Viertelbewohner noch deutlicher hervor. Man kommt lächelnd voran, ob man nun ausrutscht oder im Dreck steckenbleibt. Damit macht man sich bewußt, daß alles allen gemeinsam ist, selbst der Dreck.

In der Tür stehend betrachtet Ateba Madame Combi. Auf der anderen Seite der Straße müht diese sich ab, den Dreck von der Veranda zu putzen, Eimer und Scheuerlappen in der Hand. Sie schaut kaum auf, als Ateba Jean anherrscht: Er hat seine schmutzverkrusteten Schuhe nicht ausgezogen, bevor er in das Haus gegangen ist.

Ateba spürte schon, bevor sie ganz wach war, was passieren würde. Sie hat kommen sehen, was alle Winkel und Ecken ihres Lebens in Beschlag nehmen wird. Hat die Dämmerung ihren Schleier gelüpft oder hat ihr Blick der

Zeit die Maske heruntergerissen? Hat es geregnet oder waren es etwa nur ihre Tränen, die auf das Dach prasselten? War es Weinen oder war es nur die Ungewißheit, die sie in ihrem Versteck verborgen hielt? Der Kopf tat ihr weh, die Augen, die Füße, sie wußte nicht mehr weiter. Der Schmerz, der im allgemeinen von einem bestimmten Punkt ausging, sprang und zuckte kreuz und quer durch ihren Schädel. Es herrschte keine Ordnung mehr. Sie sah nicht mehr klar. Madame Combi mit ihren Augen einer Frau wich ihren Kinderaugen aus. Die Viertelbewohner werfen Madame Combi im Vorübergehen Blicke zu, um sie sich genauestens einzuprägen, und überschütten sie dann mit ihrer ätzenden Bitterkeit. Der Tag wird nicht enden, die Nacht wird nicht enden; die Frau, entblößt wie ein Baum im Winter, wird gegen verletzende Worte gewappnet sein, nicht aber gegen die Wunden, die das Gewissen schlägt. Sie wird überführt. Die Nächte werden ihr noch mehr zur Qual werden, da deren Glanz nichts mehr maskiert, da die Erinnerung ihren Tagen nicht mehr gestatten wird, besser zu sein als ihre Nächte. Im Halbdunkel wird all ihr Kummer durch ihre geöffneten Augen Einlaß finden. Sie wird um Hilfe rufen, niemand wird antworten. Niemand antwortet mehr. Selbst der Himmel nicht. Hat Gott sich so seine Schöpfung vorgestellt? So viele Schritte, und nur noch mehr Irrtümer, Fehlentscheidungen, Gemeinheiten, angehäuft in den dreckigen Kellerlöchern der Geschichte . . . Du wirst töten im Namen Gottes. Du wirst töten im Namen des Mannes. Du wirst töten im Namen des Vaterlandes. Am Anfang war das Wort. Und vor dem Wort, bei wem lag da die Macht zu zerstören? Um diese Frage herum ist die Zeit erstarrt und hat alles stillgelegt, bevor sie in sich zusammenstürzte und der Verzweiflung den Weg öffnete. Es gibt nichts zu nehmen, nichts zu verstehen, es gibt nur die Leere in ihrer Mörderinnen-Herrlichkeit. Sie kann die Leere betrachten, die in den Winkeln der Verzweiflung haftet, oder die Verzweiflung nehmen und im Nichts untergehen. Seltsam – Ateba fängt an zu zittern, abzuschweifen . . . Zum erstenmal in ihrem Leben hat sie zu Madame Combi nicht «Guten Tag, Madame» gesagt.

Beinahe wie im Traum geht Ateba langsam in ihr Zimmer zurück. Sie öffnet eine Schublade, nimmt ein Blatt und einen Bleistift heraus. Sie stützt die Ellenbogen auf den Tisch, legt den Kopf in die Hände; mit starrem Blick sperrt sie die Geräusche aus. Das Wohnzimmer, das Haus, das Viertel. Sie ist ruhig, so ruhig wie nötig, um ihr Gedankengebäude zu errichten. Dann schreibt sie den Frauen. Sie macht sie zu Zeuginnen. Sie sagt, daß das Wort aufgehört hat zu sein, da es die Vergangenheit nicht mehr gibt. Was hätten sie angefangen mit dem Begriff der unzerstörbaren Familie? Müsse die Frau nicht wie Gott ihre Schöpfung gegen Regen und Wind verteidigen? Was würde der Himmel sagen, wenn er den Menschen den Tod verdammen sähe, wo Gott den Tod doch als Erlösung schenkt? Was erwartet der Mann denn von der Frau? Halt still und laß dich ficken. Wenn sie stillhält, wirft er ihr Passivität vor. Rührt sie sich, wirft er ihr Verwegenheit vor. Ob die Frau denn aus Furcht in die Welt dränge und ihm Konkurrenz mache? Sie fügt hinzu: «Ich werde meine Suche fortsetzen, bis ich auf das Hindernis stoße, das mir Eure Hände bereiten, die auf meinem Herzen liegen. Mein Körper wird nichts mehr wissen. Mein Mund wird nichts mehr wissen. Ich werde mich an Euch wenden, um die

Flamme des Wissens wiederzufinden.» Und sie hat die Briefe, jeden einzelnen, so beendet: «Wenn Ihr wüßtet, wie sehr ich Angst habe, nichts mehr zu wissen!»

Sie ist in ihrem Zimmer eingeschlossen geblieben, die ganze Zeit am Rande des Wahns, bis Adas Schritte im Wohnzimmer widerhallen und sie aus ihrer Erstarrung holen. Sie räumt schnell die Briefe weg und verläßt das Zimmer. Als sie ins Wohnzimmer kommt, hat Ada bereits ihren Lieblingsplatz im rechten Winkel des Zimmers eingenommen und klopft ungeduldig mit dem Zeigefinger auf den Tisch. Es fällt kein Gutenmorgengruß. Zwischen ihnen sind diese Worte seit langem tot und beerdigt. Nur die Befehlswörter haben überlebt: mach, nimm, gib. Ateba bemüht sich, klopft eine Ecke des Tisches ab, kramt geschäftig im Schrank und kommt mit der Kaffeedose zurück, die sie wie ein Baby im Arm hält. Sie serviert Ada das Frühstück und überschlägt sich vor Zuvorkommenheit und Liebenswürdigkeit. Und nun sitzt sie Ada gegenüber, schaut ihr zu, wie sie mit Genuß ihren Kaffee schlürft. Ateba wäre gerne woanders, denn sie verabscheut dieses Geräusch des Kaffees zwischen schlürfenden Lippen, das ungekämmte Haar, die schlaftrunkenen Blicke. Es erinnert sie an alle jene Frauen, die, wie Betty, in der Nacht ihren Körper verkaufen.

Ada wischt sich die Lippen ab. Sie holt zwischen den Brüsten einen kleinen Tabaksbeutel hervor. Sie nimmt eine kleine Prise und zieht sie in die Nasenlöcher. Sie hustet, sie niest, und heiter äußert sie die ersten Wörter des Tages: «Ha! Allmächtiger!»

Ateba sagt: «Kann ich baden gehen, Madame?» Ada erlaubt es. Im Badezimmer dreht Ateba den Schlüssel zweimal um. Sie drückt ihr Gesicht an den beschlagenen Spiegel. Sie sieht ihre Nase, ihre Stirn, ihren Mund wie angeschwollen. Und wenn die Frauen nicht antworten? Und wenn ihr Wissen für immer aus der Welt wäre? In diesem Fall wird Ateba nur noch ihre Augen zum Sehen haben. Denn der Mund hat versagt. Sie wird fühlen und sprechen nur mit den Augen. Mit ihren Augen, die sich weit von ihr entfernen können, ohne jegliche Erlaubnis. Nur noch mit ihren Augen kann sie die Geschichte im Gedächtnis aller verwurzeln.

Ateba erinnert sich, daß einst weiter unten an dem Rinnsal eine Frau lebte. Sie war sehr mager, die Zeit hatte sie zu einer Karikatur ihrer selbst gemacht. Sie blieb tagelang in ihrer Hütte, kaute Tabakblätter, die sie einfach aus der Tür spuckte, den Vorbeigehenden vor die Füße. Manchmal schleppte sie ihr sterbendes Gerippe auf den Markt. Manche Leute wichen ihr aus, andere drehten sich um, die Rücksichtsvollsten spuckten aus. Dann sah man sie nicht mehr. Niemanden schien es zu kümmern, was mit ihr geschehen war. Eines Morgens sah Ateba, als sie das Geschirr spülte, zwei Männer vorbeigehen. Sie brachten einen an einer Stange hängenden Leichnam zum Friedhof. Sie erkannte die Alte wieder. Ihr Gesicht war verändert, gereinigt vom Tod, wie gebleicht. Die Beine jedoch waren dieselben geblieben. Lang, knochig, in gekrümmten Zehen endend.

Die Leute würden nicht weinen. Die Leute würden keine Totenwache halten. «Sie ist an Tuberkulose gestorben», werden sie ihr später sagen. Und sie? Woran wird sie sterben? Welcher Fluch wird sie treffen? In der Ferne kommt ein leichter Wind auf und verfängt sich in den Bäumen, ein Baby weint, man nimmt an einer Beerdigung eines Unbekannten teil ... Sie hat genug von diesen Toten, von denen man nicht spricht. Sie will ihren eigenen Tod entdecken, ihn auf den Rücken nehmen, Tag für Tag, und darauf warten, daß sie im Halbdunkel seinen kalten Atem spürt und sich endlich ganz allein fühlt. Und da vor dem Spiegel, das Gesicht der Alten vor Augen, sucht sie das Gesicht, das Schicksal, das ihr vorbehalten sein wird. Es will sich ihr nicht offenbaren. Von ihr gibt es nichts als die Frau, nur die Frau. Ihre glatte Stirn, ihre Lippen, ihre Schultern, ihre spitzen Brüste, ihr durch Sport gestraffter Bauch, ihre langen Schenkel, ihr Geschlecht. Ihre Scheide einer werdenden Frau, rot wie der Frühlingsmond, verschlossen in der Furcht vor der Zukunft.

Ein völlig gehemmtes Gefühl. Sie kann sich nicht mehr betrachten; als ob das Leben davonliefe, sobald sie es täte. Sie dreht den Wasserhahn auf. Steif steht sie da. Die Augen halb geöffnet, halb geschlossen, egal, sie schaut, ohne zu sehen, ohne zu hören. Das Wasser fließt, es fließt im Kreis und fließt ab. Von nichts gehemmt. Atebas Hände kleben am Waschbeckenrand. Sie werden naß. Ihre Kleidung wird auch naß. Ateba bewegt sich nicht. Ateba wird zu ihrem Innersten geführt. Ateba ist Ateba. Ateba ist allein, unzugänglich. Viel später wird sie sagen: «Ich bin gewesen, ich habe das merkwürdige rote Licht gesehen.» War das der Tod?

Ein Tuch über den Oberkörper gezogen, einen indigofarbenen Schal in den Haaren, so überließ Ateba sich der erdrückenden Hitze des Wellblechdachs. An diesem ausklingenden Nachmittag herrscht im Viertel die düstere Stille eines Kellergewölbes. Ekassi beschäftigt immer noch die gesellschaftliche Szene. Ihr Leichnam, in ein Moskitonetz gehüllt, thront inmitten von Klageweibern, deren Tränen versiegt sind, und tränkt die Luft mit Modergeruch. Die Erlaubnis zur Beerdigung ist noch nicht erteilt worden. Drei Tage lang jammert die trauernde Mutter schon auf dem Bürgermeisteramt. Ohne Erfolg. «Komm morgen wieder», sagt ihr gähnend ein Angestellter, «wir haben keine Marken mehr.» Und so geht es jeden Tag. Arme Frau! Sie hat vergessen, ihre Kaba zu raffen. Ekassi, ja, die hätte daran gedacht.

Ekassi. Seit Ateba das merkwürdige rote Licht gesehen hat, führen ihre Gedanken sie oft zu ihr. Schon heute morgen hat sie sich die Frau wiederholt vorgestellt. Sie hat sich gesagt, die habe den Abgang von der Bühne geschafft, habe ihre Rolle gut gespielt. Welcher Viertelbewohner hat nicht irgendwann ihren Körper gemietet? Wer hat nicht ihren Hintern betatscht?

Die tolle Ekassi! Bevor Ateba sie kannte, hat Ateba ihre Anwesenheit geahnt. Sie hat sie mit ihrer Haut gespürt, mit ihrem Blut, mit ihrem Körper. Die Frau. Das Begehren, das sie umgab. Ihr Körper bot sich an, hieß die dummen Schwänze willkommen, und dann schleuderte sie deren unnützen Saft ins Leere, in das sie sich zurückgezogen hatte. Sie unterwarf sich sämtlichen Gelüsten, behielt ihren Bauch aber für sich. Wenn man sie darauf ansprach, sagte sie: «Gott will es nicht, daß ich es Weihnachten werden lasse!» Und dann ging sie wieder ihren

Körper anbieten – in den dunklen Ecken, den Seitenstraßen, den Zimmern der Stundenhotels.

Ekassi! Es heißt, einst, schon vor sehr langer Zeit, habe sie einen Mann geliebt. Er stahl. Sie wußte, daß er stahl, und sie liebte ihn. Sie war glücklich. Und die Stadt wußte es. Eines Tages war die Polizei gekommen. Sie wollte ihn wiedersehen. Um ihre Augen zu befriedigen, gab sie ihren Körper hin. Sie sagte, ihre Augen freuten sich an ihrer Liebe, und jene Männer könnten sich ruhig ihres Körpers erfreuen. Als sie es forderten, gab sie. Sie bekamen ihren Körper. Er bekam ihr Herz, das beste. Sie dachte nicht nach, sie erlebte ihn in jeder Hand, die sie streichelte, in jedem Mann, der sich in ihr ergoß. Lange Zeit hatte sie geträumt. Von ihrem Bauch, aus dem er Kindergeschrei entstehen lassen würde, von dem Maffé, das sie ihm jeden Abend zum Essen bereiten würde. Sie gab weiterhin ihren Körper hin. Er wurde aus dem Gefängnis entlassen. Mit ihren zärtlichen Vorstellungen im Kopf war sie ihn abholen gegangen. Sie hatte ihn mit zu sich genommen. Sie hatte ihm sein Maffé so zubereitet, wie er es liebte. Er hatte gegessen. Er hatte die Finger in einer Wasserschale gewaschen, die sie ihm gebracht hatte. Dann hatte er ihr mit kalter Stimme alles mitgeteilt, daß er alles wisse. Freunde hätten ihm alles erzählt. Sie hatte geantwortet, daß da nichts gewesen wäre. Nur körperlich. Daß sie es getan habe, weil sie ihn liebte, um ihm zu helfen, ihm in seinen Wünschen mehr als entgegenzukommen, um ihn aus dem Gefängnis zu holen. Was spielte die Meinung der anderen schon für eine Rolle? Sie liebten einander. Sie waren glücklich. Er sagt nein, er wolle nichts hören, nichts verstehen. Sie hatte versagt. Sie mußte dafür bezahlen.

Und er blieb taub gegenüber ihren verzweifelten Erklärungen, ihrem Geschrei, ihrer Verteidigung. Er war die Stufen hinuntergerannt. Sie hatte ihn nie wieder gesehen.

Ekassi! Am trüben Horizont des Viertels war sie die Zukunft. Aus ihren Händen, die nicht festhalten konnten, nahm sie das Leben; Ekassi ordnete die Unordnung der Liebe. Die Männer hatten sie im Blut, die Frauen in ihren uneingestandenen Sehnsüchten. Wo sie vorbeiging, wurden Worte laut, wirre, undisziplinierte Worte, Worte des Wahns und des Fiebers. Und sie ging vorbei wie eine Königin, schnappte die Männer weg, wickelte die konventionellen Weiber mit ihren eigenen Vorurteilen ein, bestärkte die Jungen in ihren lebhaftesten Wünschen!

Von der Veranda sieht Ateba die Farben verblassen. Es ist die Stunde der Dämmerung, die Männer, Frauen und Kinder in die Hütten holt, müde vom Arbeitstag; die aber paradoxerweise auch die Frauen auf die Straßen schickt, schmutzigen Umarmungen und Zärtlichkeiten entgegen.

Ateba erhebt sich. Sie geht ins Wohnzimmer. Sie nimmt einen Fotoroman. Sie liest gern. Sie hat immer gern gelesen. Sie findet, daß lesen es ihr erlaubt, sich selbst Geschichten auszudenken, die sie schreiben möchte. Sie sagt oft, eines Tages wird sie Schriftstellerin werden. Sie wird die anderen Geschichten schreiben.

Kaum hat sie zu lesen begonnen, als schleppenden Schrittes Jean hereinkommt und sich auf das Sofa ihr gegenüber fallen läßt.

«Ich will, daß wir Freunde werden», sagt er unvermittelt.

«Ach.»

«Das ist alles, was du darauf zu sagen hast?»

Eine Eisschicht legt sich über sie. Wie dies beschreiben? Wie es benennen? Wie es klären? Angst? Glück? Der Mann will Freund der Frau werden . . . Er wird seine Gedanken mit den ihren vereinen müssen; der Mann wird seinen Platz verlassen, sich ihr nähern, sich zu ihren Füßen niederknien, er wird nicht mehr sein eigener Herr sein, sie wird ihn ihre Phantasie lenken lassen, er wird zu ihr sprechen, voller Liebe, voller Zärtlichkeit, er wird in alle Himmelsrichtungen hinausrufen, was sie künftig vereinen wird. Aber warum vereinen sich die Sterne, die den Himmel zerreißen, nicht mit der Sonne? Warum tun sich Morgen- und Abenddämmerung nicht zusammen? Wann wird der Morgen kommen? Aber welcher Morgen? Handelt es sich um den Morgen des heutigen Tages oder um den von gestern? Die Frau wird es nicht mehr wissen, da der Mann sich am Hindernis namens Glück stoßen wird, da er die Liebe zugunsten der Flamme des Begehrens vergessen wird. Er wird nicht mehr zugeben, daß er sich niemals mit dem Traum der Frau vereinen wollte, sondern vielmehr mit ihrem Fleisch.

«Ich rede mit dir, du hörst mir nicht zu», sagt Jean bitter. «Wenn ich dich nicht interessiere, sag es gleich.»

«Doch, ich höre zu.»

«Wiederhole, was ich dir gerade gesagt habe.»

Sie weiß es nicht mehr. Er wiederholt, indem er die Wörter sorgfältig einzeln ausspricht:

«Ich sagte, du bist die erste Frau, die mir wirklich gefällt.»

«Das sagt ihr alle. Ihr sagt alle das gleiche.»

Er protestiert aufgebracht, nervös, er erklärt: Dieser Frauenkörper, dieser Hintern, dieser Busen, dieses Köpfchen, er habe niemals Vergleichbares getroffen! Übrigens sei es nicht nur das. Auch Charakter, Haltung, Gestik. Sie brauche sich um die Zukunft ihres Körpers keine Sorgen mehr zu machen. Er hört auf zu sprechen, atemlos. Er belauert sie. Ist sie verführt? Abgestoßen? Oder nur gleichgültig?

«Willst du mich morgen sehen?»

Sie zögert. In das Schweigen hinein zieht er einen Fünfhundertfrancsschein aus der Tasche und steckt ihn ihr zwischen die Brüste.

«Ich erwarte dich morgen um eins im *Café de la Gare.*»

Jean ist gegangen. Ateba liegt ausgestreckt auf ihrem Bett und bebt. Dabei ist die Nacht, von der kleinen Nachttischlampe gebrochen, ziemlich ruhig. Ada ist zur Trauerfeier von Ekassi gegangen. Alle Ausgänge sind verschlossen. Ateba spürt die gleiche Angst wie die Mörderin, die sich nie wird erklären können, wie es passiert ist. Um ihre Angst schwirren die Mücken, bereit zum blutigen Nachtmahl. Ateba steht auf, öffnet den Schrank, räumt ihn aus, probiert mehrere Kleider an, geht auf und ab. Wie der Angst beikommen? Sie müßte mit allen sprechen können, die eine Rolle in ihrem Leben gespielt haben; die einen bestrafen, den anderen danken. Man müßte die Hüften ausbauen, ihr die alten Gebärden wiedergeben, um das Bewußtsein neu zu schaffen, man müßte die Zeit anhalten, damit die Zeiger sich dem Entzücken über das, was kommt, anpassen und es begleiten können bis ans Totenbett ... Trotzdem ... Trotzdem.

Eine Erinnerung. Sie ist fünfzehn Jahre alt. Sie verschlingt *Zembla* und andere Comics. Sie zieht Gon, den Sohn von Combi, fünf Jahre jünger als sie, ins Gebüsch.

Sie zieht ihm die Hose runter. Sie nimmt seinen kleinen Penis in ihre Hände. Sie zieht daran. Er wächst. Sie legt sich hin, hebt ihr Kleid hoch, lädt Gon ein, auf sie zu steigen. Der kleine, aufrechte Penis reibt sich aufs Geratewohl an ihr, sehr schnell, ein wenig wie die Hähne es tun. Manchmal trifft er richtig. «Nein, da nicht», ruft sie. Und der kleine Penis macht sich ermuntert wieder auf, bereit, die erlaubten Schlupfwinkel zu erobern.

«Gon, wo bist du? Komm sofort her.» Das ist seine Mutter. Er gehorcht. Bevor er geht, zieht er seine Hose hoch, zieht die Zweige aus seinen Haaren.

Im Viertel lernt man sehr früh zu schummeln. Schummeln. Lügen. Und sie, womit schummelt sie? Von welchem Fluch würde sie heimgesucht werden?

Diese Fragen stimmen sie melancholisch und hindern sie daran zu genießen. Wütend reißt sie ihren Rock herunter. Sie geht in die Küche, trinkt drei Gläser Wasser. Sie geht sich waschen. Sie nimmt aus dem Schrank ein großes rosa Handtuch, wickelt es sich um die Hüften. Sie betrachtet sich im Spiegel. Sie streicht zärtlich über einen Schönheitsfleck an ihrem Mundwinkel. Sie kämmt sich. Sie geht in ihr Zimmer zurück. Sie nimmt ein Blatt und einen Stift. Sie schreibt an die Frauen.

Frau. Du erfüllst mein Bedürfnis nach Liebe. Dir allein kann ich gewisse Dinge anvertrauen, nicht mehr ich sein, mit dir verschmelzen, da ich sie dir besser als mir selbst sagen kann. Ich liebe es, mir dich an meiner Seite vorzustellen, wie du meine Schritte lenkst, meine Träume, meine Wünsche, die sich in der Wüste dieser zusammenhanglosen Welt verloren haben. Manchmal sehe ich dich, deine Frisur, dein von täglichen Sorgen und kleinen Gemeinheiten bedrücktes Gesicht, und deinen weichen Hüftschwung, der dem Leben Leuchtkraft gibt. Ich stelle mir deine Nacht vor, wenn der Alltag von deinen Augen fällt und die Klarheit deiner Wasser dein Gesicht aufhellt. Du hast mich die Leidenschaft gelehrt, die Lebensfreude. Ohne dich wäre ich der Schatten eines Lebens, der sich entschuldigt, daß es ihn überhaupt gibt. Manchmal habe ich dir dein Verlangen nach einem Mann übelgenommen. Heute laufe ich auf ihn zu mit dem Feuer deiner Augen, und ich lerne so, daß durch den Kontakt mit ihm meine Liebe zu dir gelassener wird. Frau, ich liebe dich.

Was sucht sie in diesem Café? Die Frau? Den Mann? Sie kennt den Mann nicht. Sie hat nie einen Vater gehabt. An den Liebhabern von Ada interessiert sie nur, daß sie wie eine Note vorbeirauschen, ohne sich in ihrem Gedächtnis festzusetzen. Wie viele Väter hat Ada ihr beschert? Zehn? Zwanzig? Dreißig? Sie hat sie nicht gezählt, sie hat es nie versucht, sie zu zählen. Sie kamen und gingen, sie sagt «Papa» zu ihnen, sie hätte «Monsieur» sagen sollen, das wäre auf dasselbe hinausgelaufen, da das Wort seinen Sinn verloren hatte, da das Wort blödsinnig geworden war. Papa . . . Papa . . . Was hätte Christus getan, wenn er seinen Papa nicht an seiner Seite gehabt hätte? Nichts. Ganz bestimmt nichts. Man brauchte einen Körper, einen lebenden Körper, um handeln zu können. Was würde die Frau aus dem Mann machen? Nichts. Nichts. Sie ist die Frau. Eine Situation der Beständigkeit, unkündbar, das wäre herrlich. Dennoch fasziniert es sie, hier zu sein.

Sie haben in Sesseln Platz genommen, die um einen niedrigen Tisch stehen. Ein Kellner ist vorbeigekommen. Sie haben zwei Gläser Orangensaft bestellt, an denen sie schweigend nippen. Sie schauen einander in die Augen.

«Du bist schön. Noch viel schöner als gestern, als ich fortgegangen bin. Welche Klasse du hast! Dich so zu sehen, läßt mich daran denken, wir sollten die Sache zwischen uns beschleunigen.»

«Unmöglich ... ich ...»

«Sag nichts ... Laß mich träumen.» Er nimmt ihre Hand. Sie schaut auf seine Finger. Sie liebt es, Finger zu betrachten, sie auseinanderzunehmen, um ihr Geheimnis zu entdecken. Haben sie geliebt? Haben sie geschlagen? Welche Verbrechen haben sie erwogen?

«Du wirkst sehr gelassen», unterbricht er den Fluß ihrer Gedanken. «Verkehrst du häufig an solchen Orten?»

Sie nickt. Er durchbohrt sie mit seinem Blick. Sie senkt den Kopf. Er weiß, daß sie lügt. Ist das lügen, die Wahrheit zu täuschen? Ist nicht jede Wahrheit, die sich täuschen läßt, selbst schon Lüge? Jean ist in seinem Element. Sein Gesicht strahlt. Seiner Meinung nach gibt es nichts Verächtlicheres, als mit einem Mädchen zu gehen, das keinen Chic hat. Alle seine Geliebten haben Chic. Er verabscheut den Anblick von verschlafenen Gesichtern, aufgedunsen und ungeschminkt. Übrigens küßt er seine Geliebten nie, bevor sie sich nicht die Zähne geputzt haben. Viel weiter geht er mit Vertraulichkeiten nicht. Nebensache? Kleinigkeit? Vor zwei Jahren, als eine seiner Geliebten versuchte, ihn zu küssen, bevor sie sich zurechtgemacht hatte, hat er sie heftig von sich gestoßen und ist aufgestanden. Sie verstand diesen Gefühlsausbruch nicht, stand ebenfalls auf und versuchte, ihn zu beruhigen, indem sie ihn erneut küßte. Er hat sie wütend zurückgestoßen: Die Frau war nur am Abend zu gebrauchen, im Dunkeln. Nein, der Tag war eindeutig nicht für sie gemacht. Er machte alles kaputt. Wer hatte gesagt, die Frau wäre schön?

Er muß zwei schwarze Löcher statt Augen haben! Der Dummkopf.

Alle Männer waren Dummköpfe, weil sie sie nicht sahen, wie sie war.

Weich, schlaff, ein Flickwerk. Auseinanderlaufend. Und fand sie nicht, daß es im Raum stank? Oh, ja! Es riecht nach Frau am Morgen. Alles Dummköpfe! Er brüllte fast. Sie hatte Angst. Sie flüchtete ins Bett. Er legte sich zu ihr. Wollte sie es nicht glauben?

Soll sie doch ihr Geschlecht von innen anschauen. Voller Staub! Aber sicher sagt er die Wahrheit. Er zog an den Laken. Sie schämte sich. Er zog weiter an den Laken. Sie sagte: «Hör auf, hör auf! Du tust mir weh.» Sie ging ihm nur auf die Nerven mit ihrer Ausdünstung einer ungewaschenen Frau. Er hatte sie vor den Wandspiegel gezerrt. Er hatte sie gezwungen, die Beine zu spreizen. Er wollte, daß sie sich betrachtete, sie hielt die Augen geschlossen. Er zog ihr den Kopf an den Haaren zurück, er tat ihr weh. Sie weinte. Das erregte ihn und störte ihn zugleich.

Abrupt hatte er sie umgedreht und gezwungen, sich zu bücken. Mit einem Stoß war er in sie eingedrungen und begann, sich brutal in ihr zu bewegen. Sie stöhnte, schluchzte. Er schrie, sie hätten es alle nötig, daß man es ihnen besorgte, bis sie um Gnade winselten.

Plötzlich hat er, immer noch erigiert, von ihr gelassen, seine Kleider aufgesammelt, sich in aller Eile angezogen und war gegangen, ohne sich noch einmal nach der Frau umzuschauen, die im Bett zusammengekauert leise vor sich hin schluchzte. Er hat sie nie wieder gesehen.

«Erzähl mir von dir.»

«Du solltest mir von dir erzählen», erwidert Ateba. «Mir passiert nie etwas.»

«Unmöglich, mein Schatz. Du lügst. Überhaupt habe ich nie begriffen, warum die Frauen es nötig haben, die Schüchternen zu spielen, sobald man sie anmacht. Das ist doch kindisch. Erzähl mir deine Abenteuer.»

«Wenn du wissen willst, ob ich schon mit einem Typen geschlafen habe, die Antwort ist nein! Und wenn du mich deshalb eingeladen hast, dann ciao.»

Sie macht Anstalten aufzustehen. Er hält sie zurück.

«Reg dich nicht auf, Süße. Alle Frauen lügen. Ich finde das charmant. Eine Frau ist nie so hübsch wie dann, wenn sie sich geschminkt hat, und sich schminken heißt mogeln. Übrigens . . .» Er hält inne, als er merkt, daß sie ihn wie versteinert ansieht. «Verzeih, Süße. Ich habe dich gekränkt. Du bist anders als die anderen Frauen, ich weiß. Ich wollte dich nur necken.»

Er macht eine Geste in ihre Richtung. Sie weicht ihm aus. Er greift wieder nach ihr.

«Du hast wunderschöne Hände, mein Herz, außergewöhnlich schöne Hände. Feenhände. Der, den du dir aussuchen wirst, wird der glücklichste Mann sein. Weißt du, daß ich dich anbete?»

Die Verstellung ist ebenso Nahrung für den verwirrten Geist wic die Wahrheit.

Ateba hört, den Blick in die Ferne gerichtet, schläfrig zu. Sie ist die Heldin in einem Fotoroman, fünf Seiten vor dem Schluß. Der Held nimmt ihre Hand. Er findet sie wunderbar. Er findet sie zauberhaft. Die Landschaft ist schön. Sie ist noch schöner. Weiß wie der Mond, schimmernd, geschminkt, Er sagt ihr, sie sei die Frau seines Lebens, er habe sie vom ersten Augenblick an geliebt. Sie protestiert lachend. Sie ist glücklich, schlingt die Arme um seinen Hals. Sie hat Lust, zu lachen und zu singen. Eine leichte Brise kommt auf. Gewitter. Wassertropfen. Er zieht seine Jacke aus, bedeckt beider Köpfe damit. Sie laufen zu einem Unterschlupf. Das Wort ENDE steht über diesem letzten Bild.

«Du hörst mir nicht zu! Du hörst mir nicht zu! Du hörst mir nie zu!»

«Doch, du irrst dich.»

Und Jean redet und redet. Er teilt die Frauen in zwei Kategorien: die, die man heiratet, und die anderen. Die ersteren sind schön und nobel, stark und zart. Sie lieben die Blumen, die Vögel, die Kinder. Sie sind sanft. Sie verstehen es, Glück zu verbreiten. «Wie meine Mutter», sagt er.

Bin ich sein weibliches Ideal? Auf diese Frage läuft es für Ateba hinaus. Sie fragt ihn nicht. Ihr Bild in einem der Wandspiegel sagt ihr, wie es ist. Sie ist herausgeputzt wie ein Vamp. Enganliegendes T-Shirt, Minirock, Ledergürtel um die Taille. Sie gehört zu den anderen. Zu denen, welche die Tradition verwirft, die das Viertel aber so zahlreich hervorbringt wie Gestrüppranken, zu denen, die von der gesitteten Gesellschaft geächtet werden, die aber die Körper der Greise in hübsche bunte Tücher hüllen. Denen gleicht sie, gleicht ihnen in ihrem Leiden und täglichen Ekel. Auch sie ist eine Hure: verkauft sich an sich selbst, an ihre Vergangenheit, an ihre Unfähigkeit, den Faden der Verzweiflung zu durchtrennen. Ganz langsam zieht sie sich in sich selbst zurück.

Er hat sie auf den boulevard de la Liberté mitgeschleppt. Hier herrscht auffallende Ruhe. Es ist die Zeit der Siesta. Nichts rührt sich, nicht die Bäume, nicht die Straße, nicht die Häuser. Fette Weiße, dahingegossen auf ihrem Balkon, schmelzen in der Hitze wie ein Stück Zucker in Milch. Wenn sie unter dem Elend leidet, kommt Ateba zum Träumen auf den boulevard de la Liberté.

Sie gehen schweigend dahin. Von Zeit zu Zeit reißt Jean ein Blatt von einem Mangobaum ab, kaut darauf herum, spuckt es dann aus.

«Mache ich dich stumm?» fragt er unvermittelt.

«Nein, nein, aber . . .» Wie soll sie ihm erklären, daß das Trugbild sich verflüchtigt hat und sie sich gerade in diesem Moment wohler fühlt? Wie soll sie ihm sagen, daß das Viertel einen nirgendwo hinbringt und die Zukunft dort so unbeweglich anfragt wie ein von Flammen verwüstetes Gebirge, hinter dem aber das Leben sich verbirgt, ein kraftvolles Leben, unerreichbar für sie? Wozu soll sie es aussprechen? Er wird es nicht begreifen.

Die Mangobäume werden seltener. Hinter ihnen flache Häuser. Allmählich wird der Boulevard enger und schmutzig. Dort unten, in der Ferne, hinter einem Müllberg verborgen, schließlich das Viertel. In trockenen Jahreszeiten springt die rote Erde und wird rissig wie die Rinde eines Baumes. Verzagt, die Köpfe auf den Knien, verschmähen es die Kinder, den Mangobaum zu betrachten, der sich nicht mehr unter der Last der Früchte beugt. Dort ist Ateba geboren. Dort hat Betty sie zurückgelassen.

Dort steckt sie in der Armut fest, mit schlaffen Beinen, den Kopf voller anderer Leben.

Von weitem Motorgeräusch. Jean hebt die Hand. Der gelbe Toyota kommt knatternd an, fährt langsamer, hält schließlich.

«Ins G-Viertel bitte.»

«Ich fahre nicht ins G-Viertel», sagt der Fahrer, «aber ich kann euch am Großmarkt absetzen.»

Als er ihr die Tür aufhält, schaut Jean sie zärtlich an:

«Verzeih mir, daß ich dich so im Stich lasse, meine Liebe. Ich habe eine Verabredung um drei. Komm heute abend zu mir auf mein Zimmer», sagt er noch und schlägt die Tür des Wagens zu.

Ateba schaut ihn an, ohne ihn zu sehen, ohne ihn zu erkennen, im Kopf die tristen Wolken, die über dem Viertel hängen, bevor ein von der Vorsehung gesandter Regen den Himmel reinigt.

Zu dieser Tageszeit ist der Markt fast menschenleer. Ärmlich gekleidete Jungen bewerfen einander mit verdorbenen Früchten, von der Freiheit profitierend, die dem gewährt ist, der nichts mehr zu verlieren hat und nicht befürchtet, sich unvorteilhaft darzustellen. Dort drüben stillt Zouzou, die Verrückte im Evaskostüm, ihren Letztgeborenen. Blinde Gleichgültigkeit geht von ihr aus. Sie wird auch nicht reagieren, wenn die Moral sich in dieses Labyrinth von Einbahnstraßen und verbotenen Wegen stürzt und ihr das Kind wegnimmt. Sie wird es preisgeben, wie stets ohne Reaktion, als hätte dieses von ihr geborene Leben nie existiert. Und im illusionsträchtigen Licht jener Straßenlaterne dort wird sie sich weiterhin die Haare in Korkenzieherlocken drehen und das Werden eines neuen

Lebens abwarten. Sie hat bereits acht Kinder geboren. Sie servieren Whisky-Cola bei entfernten Verwandten.

Ateba beeilt sich nun; was ihr bevorsteht, läßt ihr Herz pochen. Sie muß die Kleider gewechselt haben, bevor Ada kommt, bevor der begangene Fehler sich den Augen der Viertelbewohner offenbart. Aber erst muß sie noch den Markt überqueren, die rue du Président Kouté wieder hinuntergehen, sich durch übelriechende Gassen schlängeln und über die Brücke gehen. Eine Gruppe junger Leute spielt Dame auf einer Veranda. Sie erkennt einige von ihnen. Sie haben einst zusammen gespielt, haben gemeinsam geglaubt, Armut mache schnell und beweglich und eines Tages würden sie in strahlendem Reichtum schwelgen, ohne es zu merken, fast ohne es zu wollen. Aber jene Zeit ist vergangen und hat Bitterkeit in den Seelen hinterlassen.

Ateba überquert den Hof mit großen Schritten, zwei Finger gekreuzt, um das Geschick gütig zu stimmen. Fast stolpert sie über den frisch gefällten Stamm eines Avocadobaumes. Sie setzt den Fuß auf die Schwelle; hypnotisiert vom strahlenden Weiß des Himmels, sieht sie die Hand nicht, die sich gegen sie erhebt und sie gegen die Wand schleudert.

«Wo kommst du her, geschminkt, wie du bist?»

Ada läßt ihr keine Zeit zu antworten. Sie packt sie. Gewebe reißt. Eine Brust wird frei. Ada ohrfeigt sie mit aller Kraft. Ateba blutet aus der Nase, aus dem Mund. «Hure, du Hure! Du entehrst mich. Was werden die Nachbarn sagen! Ich gebe dir nicht genug zu essen, was? Sag schon . . .! Daß du's nötig hast auszugehen. Antworte, los, antworte!»

Yossep, der neue «Papa» von Ateba, tritt dazwischen,

geweckt von dem Geschrei. Er trennt sie mit muskulösen Armen. Ada sträubt sich und bekommt einen roten Kopf.

«Laß mich! Ich bring sie um. Umbringen werd ich sie. Hast du gesehen, wie sie angezogen ist? Wie eine Hure . . . Ich werf sie raus . . . Laß mich los.»

«Beruhig dich!» unterbricht Yossep sie mit Nachdruck. «Tue nichts. Werd erst wieder vernünftig. Dann wird man sehen!» In seiner Hose aus schwarzem Tuch ähnelt er einem Richter. Er weiß nicht, was er tun, was er sagen soll. Ada bei der Hand nehmen und sie zu ihrem Sessel führen? Ateba eine Standpauke halten, daß sie ihrer Mutter soviel Kummer macht? Er zögert. Verlegen geht er auf Ateba zu; die Pflicht ist ihm lästig.

«Wo warst du?» brüllt nun er. «Weißt du, wie du aussiehst?»

Ateba antwortet nicht. Sie sieht ihn nicht an. Wie kann sie dieses prosaische, illusorische Dasein nur ertragen, wie diesem Schwall nichtssagender Worte entgehen? Sie spürt die Notwendigkeit, woanders zu sein, sich diesen ewigen sprachlichen Attacken zu entziehen. In stillem, verzweifeltem Schmerz senkt sie den Kopf, wie die Leprakranken, die es verschmähen, ihre Not zu zeigen.

Ada hockt wieder in ihrem Sessel. Sie jammert, sie schwitzt, sie zittert. Erbarmenswert, diese Geliebte in ihrer Mutterrolle!

Sie faselt: «Hast du gesehen? Sie antwortet nicht . . . sie hat kein Vertrauen zu mir. Sie sind heute doch alle gleich. Soll sie doch verschwinden . . . Soll sie doch gehen, wohin sie will. Ich will sie nicht mehr sehen. Ich vergesse sie . . . Ich verstoße sie . . . Sie ist nicht mehr meine Tochter. Zuerst den Namen. Frag sie zuerst, wie der Mann heißt . . . Mein Geld . . . mein Geld! Sie soll mir zurückzahlen, was ich für sie ausgegeben habe. Sie bringt mich um. Sie wird mich noch umbringen. Undankbar! Soll sie doch abhauen! Ich werde noch verrückt . . .»

«Rede, du sollst reden!» schreit Yossep. «Wir müssen den Namen von dem wissen, der das getan hat. Du sagst den Namen oder du verschwindest! Jedenfalls wirst du nicht hierbleiben und den Namen deiner Mutter in den Schmutz ziehen. Hast du an ihren Ruf gedacht? Hast du einen Augenblick an diese Frau gedacht, die schuftet und schwitzt, um dich aufzuziehen?»

Jetzt ist Yossep außer sich. Im Eifer des Gefechts hat er sich mitreißen lassen. Er hampelt vor Ateba herum, nimmt eine Zigarette, zündet sie an, zieht einmal, schmeißt sie zu Boden und drückt sie mit der Fußspitze aus. Er geht zu Ada hin, streicht ihr über die Schläfen, geht ins Bad, kommt mit einem nassen Handtuch zurück. Er massiert Ada die Schläfen, legt ihr die Beine auf einen Schemel. Eine Maske der Gelassenheit legt sich auf sein aufgedunsenes Gesicht. Er hat die Lösung gefunden. «Entspann dich, meine Liebe. Alles wird sich regeln. Wir werden das nachprüfen. Wenn nötig, erstatten wir Anzeige.»

Die von dem Geschrei angelockte Menge hat sich vor dem Haus versammelt. Leute kommen über die Brücke. Einige bleiben stehen und stellen einander Fragen. Andere gehen schnell weiter, sicher aus Furcht, mit dieser kreischenden Menge in einen Topf geworfen zu werden.

Eine Mitbürgerin kreischt immer wieder: «Was für eine Welt, was für eine Welt. O Herr, beschütze meine Enkel.» Ein Mann in den Vierzigern kommt näher und erkundigt sich.

«Es geht um Adas Tochter», erklärt eine kleine, magere

Frau. «Sie ist ausgegangen, ohne zu sagen, wohin. Ein Einzelkind, verwöhntes Töchterchen! Es fehlt ihr an nichts. Was hat sie gesucht?»

«Na, na, es gibt Bedürfnisse des Körpers und der Seele, die selbst eine Mutter ihrem Kind nicht erfüllen kann ... Man muß das wissen ...»

«Hör mit dem Geschwätz der Weißen auf», unterbricht ihn alsbald ein Nachbar. «Sie haben uns das gebracht. Früher ist so etwas nicht passiert. Die Mädchen sind nicht ausgegangen, haben sich keine Fragen gestellt. Sie wollten nichts als einen guten Ehemann und Kinder. Heutzutage werden sie mit dem Schwanz zwischen den Beinen geboren.»

Zustimmendes Raunen geht durch die Menge. Eine Frau im blauen Rock hebt eine Faust.

«Die Regierung muß radikal vorgehen. Lebenslang ins Gefängnis gehören diese Flittchen. Also, ich meine, die Mädchen gehören eingesperrt, nicht die Männer.»

«Da bin ich nicht einverstanden», mischt sich eine Magere ein, die bis dahin noch keinen Kommentar abgegeben hat. «Ich meine, es ist an der Zeit, die Jungen in Ruhe zu lassen. Es ist doch ihr Körper. Sie haben ein Recht, damit zu machen, was sie wollen.»

«Und wer verteidigt dann unsere Werte?» fragt spöttisch eine kleine Dicke mit bernsteinfarbener Haut und sehr sauberen Händen.

«Wir brauchen doch die Jungfräulichkeit der jungen Mädchen nicht, um unsere Werte zu bewahren. Wenn nur jeder von uns sich klarmachen könnte, daß die Regierungen für unsere Dekadenz verantwortlich sind.»

«Hör auf mit deinem Blödsinn», unterbricht ein Alter. «Diese Geschichten gehen uns nichts an.»

Helme und Maschinenpistolen, ein ganzes Kommando geleitet die Verurteilte zum Schafott. Ateba taumelt hinter Ada her. Ihre Schritte werden immer kleiner. Die Zeit anhalten. Das Leben neu gestalten. Die Szene wechseln. Die Menge läßt sie durchgehen; Ellenbogen berühren sich, Köpfe drehen sich. Die Gerüchte mehren sich. «So eine Göre! Einer solchen Mutter das anzutun!»

Die Göre, von der sie reden, phantasiert. Ihr Herz rast, in ihren Ohren rauscht es. Die Sinne entgleiten ihr. Angst! Bevölkert von Vampiren, Geistern und grausigen Erlebnissen. Was ihr alles durch den Kopf geht: «Wenn in der Nacht ein Geist in meinen Körper gefahren ist!» – «Als ich mich gestreichelt habe, wenn ich da . . . ohne es zu merken . . .» – «Wenn . . . nein, unmöglich, das hätte ich gemerkt.» Die Fakten herunterspielen, sie eingrenzen, verdünnen, um sich zu beruhigen. Aber die Angst ist da, eine gewaltige Angst. Nein – nach anderen Vorstellungen, anderen Gedanken suchen, nur um sich die Kraft zu geben zum Weitergehen, der erdrückenden Moral nachzulaufen, die auf den guten Zustand ihrer Glieder und Zähne fixiert ist. Sich Worte zurechtlegen für den Fall, daß die Geschichte schlecht ausgeht. Mitleid erwecken, um Gehör, um Verständnis flehen, die Konvention auffordern, andere Sprachen als die eine zu lernen.

Sie kommen vor einer Hütte am Rand des Viertels an. Ada klatscht in die Hände. Eine alte Frau erscheint, gebrochen, krumm. Augen wie zufällig gesetzt in einem Gesicht, das durchzogen ist von tiefen Falten der Desillusionierung, der Mund ein Strich, die Glieder schwer von den Jahren.

«Ich habe euch erwartet», sagt sie und tritt zurück, um sie vorbeizulassen.

Angsterfüllt nimmt Ateba das Haus wahr. Ein einziges Zimmer; Küche, Eßzimmer und Schlafzimmer in einem. Eine Kerze auf einer Kommode aus Flechtrohr brennt Tag und Nacht, um die Geister der Toten zu stärken. Links steht ein Krug aus rissigem Ton auf dem ebenso rissigen Boden; rechts liegen Papiere aufgeschichtet auf einem Regal. Hinten ein schmales schmiedeeisernes Bett, mit einem Moskitonetz darüber. Über dem Bett tändelt ein Kruzifix aus Holz mit Kwemblättern und Kaurimuscheln in einem Zebuhorn. An der Wand Masken, Schlangenhäute, ausgestopfte Tiere. Zwischen zwei alten Kalenderblättern gibt eine gelbhäutige Frau auf einem Werbeplakat das Geheimnis ihrer Hautfarbe preis: «Ambi hilft auch Ihnen, heller zu erscheinen.»

Ambi. Das Wort klingt vertraut. Sie ist neun. Es ist Morgen. Betty nimmt ihr Bad. Ateba trocknet ihr den Rücken ab. Sie rubbelt tote Haut ab, die sich in ihrer Hand wie Kaugummi anfühlt. Eine andere Haut kommt zum Vorschein, eine neue, eine gelblichrote Haut, wic die eines Neugeborenen. Ateba streichelt sie lange. Sie sagt: «Du bist hübsch, Ma. Du bist braun geworden.» Betty lacht. Sie sagt, Ateba solle aufhören, sich über sie lustig zu machen. Sie fügt hinzu: «Die Schönheit meines Körpers hat nachgelassen, mein Kind, er ist häßlich . . . Die Kinder, verstehst du?» Sie zeigt ihr die trockene Haut ihres Bauches, welk wie eine alte Dattel. Sie erzählt ihr von ihrer Jugend, von all den vielen Schwangerschaften: schlanke Beine, spitze Brüste, die ihr zu Füßen liegenden Männer. Manchmal stehlen sich zwei Tränen aus ihren Augen. Ateba schließt die ihren. Sie atmet den Duft der Seife und vom Ambi ein. Den Geruch ihrer Mutter . . . Betty . . . Sie wird sich morgen früh gegen zehn Uhr waschen wie heute, wie gestern. Ateba wird ihr nicht den Rücken abtrocknen.

Die Alte sitzt auf ihren Fersen vor dem Feuer. Sie kaut Tabak, während sie leise mit Ada spricht. Auch hier wieder die Tradition. Sie richtet sich mühsam auf, eine Hand in der Nierengegend. Sie verlangt, daß Ateba das Höschen auszieht und sich vor sie hinhockt. Ateba zögert. Sie erhält einen Schlag auf den Rücken. Also zieht sie den Rock hoch und hockt sich mit weit gespreizten Beinen hin. Bitterkeit überkommt sie, als sie sich dem Ritual mit dem Ei unterwirft. Sie begreift nicht mehr, daß sie einen Körper hat, daß Finger sie betasten, daß die Berührung des Eies kalt ist, daß die Alte stinkt wie ein Abfallhaufen. Ist alles in zwei Minuten vorbei? In zehn Stunden? Ateba weiß es nicht mehr. Ateba will es nicht wissen. Die Meckerstimme der Alten, die mitteilt, daß Ateba unberührt ist, holt sie aus ihrer Erstarrung. Sie öffnet die Augen und schaut direkt in die triumphierende Miene von Ada. Die schiebt nun eine Hand ins Mieder und zieht ein Taschentuch heraus, dessen Zipfel verknotet sind. Sie setzt sich auf das Bett und öffnet mit Hilfe von Fingernägeln und Zähnen die Knoten. Banknoten kommen zum Vorschein. Sie zieht eine hervor und gibt sie der Alten, die das Geld ihrerseits eiligst in ihrem Mieder verschwinden läßt. Wenn Ateba die Frau ist, ist sie dann auch Ada? Ateba schaudert. Ada schaut sie durchdringend an, wendet dann den Blick ab. Sie sind in die Sonne hinausgegangen.

Sich wiederfinden. Das Stück von sich wieder zum Leben wecken, das abhanden gekommen war. Sich bewegen, um aufzutauen. Außerhalb der Konvention wandeln. Aber die Schritte, mit denen sie vor der Konvention flieht, bringen Ateba zu dieser zurück, zu ihren Gesetzen, ihren Verboten. Vor ihr die Vergangenheit, Betty . . . Betty.

Als Kind wollte Ateba Betty ähnlich sein. Sie trug ihre Röcke, ihre Schuhe, die viel zu groß waren für ihre kleinen Füße. Vor dem Spiegel schminkte sie sich mit ihrer Schminke. Sie beobachtete sich. Sie war eine Frau. Sie war Betty. Sie glich ihr körperlich, und es gefiel ihr, sich vorzustellen, daß ihr Leben nur eine Verlängerung von Bettys Leben wäre. Wie Betty ging sie auf die Straße hinaus, tat ein paar Schritte und beobachtete die Blicke, die sich mit ihren kreuzten, um sich zu vergewissern, daß ihr gehuldigt wurde. Ganz übermütig überquerte sie die Brücke. Ihre Kinderfreundin Moride wartete auf sie. Gemeinsam lachten sie über ihre Verkleidung.

Zurückkehren in diese Kindheit, die zu früh zu Ende gegangen war. Jene Sicht, jene Stimme wiederfinden. Dieser gefräßigen Larve entkommen, die seit Generationen wütete. Davongehen.

In der Ferne der Horizont und die untergehende Sonne. Spielende kleine Mädchen. Eines von ihnen nimmt einen Schal und verbindet sich die Augen. Die andere kommt näher. Sie überprüft das Ganze. Sind die Augen nicht fest genug verbunden? Sie zieht den Knoten fester. Die andere protestiert. Sie soll ihr nicht weh tun. Erste Spielregel: Sie muß warten, bis die andere verschwunden ist, bevor sie die Binde abnimmt. Zweite Spielregel: Sie soll sie finden.

Als Kind nahm Ateba das Tuch nie zu früh von den Augen. Sie wartete viele Minuten. Sie spürte die Wärme des Stoffes auf den Schläfen. Sie versuchte, Geräusche aufzufangen. Nichts mehr zu hören? Sie wurde nervös. Mit einem Ruck riß sie sich das Tuch weg. Verstört schaute sie sich einige Sekunden um. War die Welt noch dieselbe? Sie legte das Tuch wieder an. Sie wartete, verlor sich, genoß ihre Einsamkeit. Wenn Moride ungeduldig zurückkam, dann sagte sie ihr, sie solle sich wieder verstecken. Moride weigerte sich. Ateba hatte sie zu lange warten lassen. Sie stritten sich. Schließlich nahm Moride den Schal wieder an sich und lief wütend weg. Ateba blieb allein zurück, unbeweglich, mit gekreuzten Armen, mit weit geöffneten Augen. Sie empfand nichts. Sie spürte nichts. Sie blieb bei Bewußtsein, aber sie wurde zu einem Wirbelwind, zu einem Wirbelwind aus Kenntnissen, Ideen, Bildern, Spielen, die sie gelernt hatte, von Regeln, die man ihr eingebleut hatte. Sie vermischte alles in ihrem Kinderkopf, sprang von einer Idee zur anderen; ohne Übergang, ohne Unterbrechung sagte sie eine Fabel von La Fontaine auf, Subtraktionsregeln und die Pflichten eines Kindes. Alle hörten ihr zu. Alle sollten ihr zuhören. Manche blieben stehen, staunten über ihr Wissen, andere begnügten sich damit, große Augen zu machen vor dieser Wissensflut. Sie war die Beste. Sie war Bettys Tochter. Betty war darauf stolz. Sie sagte: «Sie ist intelligent. Ein braves Kind.» Sie bat sie dann, ihr Märchen zu erzählen, sie wollte, daß die ganze Welt wußte, daß sie das klügste Mädchen des Viertels zur Tochter hatte. Ateba kam ganz nah an sie heran und sprach ihr fast ins Ohr, sehr laut, im Ton dessen, der sich einprägen, einen Eindruck hinterlassen will. Wenn sie nichts mehr aufzusagen wußte, fing sie zu singen an. Sie sang falsch. Betty hörte ihr zu oder auch nicht. Sie sang weiter. Wenn sie müde war, sagte sie: «Mama, ich bin fertig.» Betty antwortete nicht. Sie wiederholte es, immer wieder. Dann wurde Betty ärgerlich und rief: «Sei ruhig, mir platzt ja das Trommelfell!» Ateba verzog sich in ihr Zimmer.

Als sie vor dem Haus ankommen, ist die laute Menge immer noch auf dem Hof. «Da sind sie», hört man murmelnd flüstern. Ada tritt hinzu. Gleich ist sie eingekreist. Man will das Ergebnis wissen, die Einzelheiten.

«Alles ist gutgegangen», sagt sie mit Zittern in der Stimme, unfähig, ihre Freude darüber zurückzuhalten, daß sie ihre Ehre wiederhergestellt hat. «Sie ist Jungfrau. Sie hat sich niemals auf einen Mann eingelassen. Gott sei gelobt. Selbst die Alte kann es nicht fassen. Ich habe sie, zu Tränen gerührt, zurückgelassen. In den nächsten Tagen bringe ich ihr ein kleines Geschenk. Gut, laßt mich. Ich bin müde. Was? Was sagt ihr? Ich weiß nicht, womit ich das verdient habe. Vielleicht Glück. Vielleicht die strenge Hand. Wer weiß! Man soll den Mädchen nicht zuviel Freiheiten lassen. Maman sagte das immer. Gebt ihnen den kleinen Finger, und sie fressen euch die ganze Hand auf!»

Yossep tritt zu ihr. Er legt ihr eine Hand auf die Schulter. Das ist ein feiner Mann, wird Ada später sagen. Er weiß, wann man mit einer Frau spricht, sie streichelt, sie tröstet. Er zieht sie ins Haus. Man folgt ihnen. Er macht die Tür hinter ihr zu.

«Du machst ein Gesicht, mein Herz! Ist es schlecht ausgegangen, oder was?»

Die Freude ist aus Adas Gesicht geschwunden, als die Menge sich aufgelöst hat. Sie sagt, nein, eigentlich nicht, es müsse an der Anspannung der letzten Stunden liegen. Es sei ihr an die Nerven gegangen. Und dann komme ihr wieder die Geschichte mit Betty in den Sinn. Ob er das verstehe? Ja. Er versteht das. Sie hat Betty aufgezogen, verwöhnt, hat sie geliebt wie eine eigene Tochter. Eines Tages ist ein Mann gekommen, sie ist ihm gefolgt und hat ihr Ateba in die Arme gelegt, ohne sich darum zu kümmern, was aus ihr würde. Heute hat sie Angst, daß sich die Geschichte wiederholt. Yossep hatte diese Rede erwartet. Er war darauf vorbereitet, ja, hatte sie selbst ausgelöst. In wenigen Wochen war es ihm gelungen, das Herz dieser Frau zu erobern, ihre Schwachpunkte zu erkennen und für sich zu nützen. Er wußte, Ada betrachtete Mutterschaft nicht als Glück, sondern als Bürde. Sie hatte ihm wiederholt erklärt, Muttersein bedeute, alles zu opfern. Die Erfahrung hatte es sie gelehrt. Hatte Betty ihr nicht den sozialen Aufstieg verwehrt, indem sie sich irgendwelchen Habenichtsen statt einem «Weißkragen» hingab, einem wohlhabenden, respektablen Mann? Das würde Ada ihr nie verzeihen.

Yossep liebt diese Momente, wenn sie so aufgelöst ist, wenn er sie in den Arm nehmen und mit sich ziehen kann. Er stützt dann ein gramgebeugtes schwaches Weib. Er führt sie zu ihrem Sessel. Er serviert ihr einen Kokosdrink, den sie ohne Überlegung in einem Zug trinken wird, ohne das Aroma ihres Lieblingslikörs herauszuschmecken. Wenn die Sonne ganz untergegangen sein wird, wird sie ihn auffordern, wie sie es immer in der gleichen Weise tut: «Komm, schlaf mit mir.» Er wird mit ihr ins Schlafzimmer gehen. Sie wird ihn ausziehen. Er wird sie küssen. Sie wird ihre Nägel in seinen Rücken graben. Er wird sie streicheln. Sie wird wollen, daß es schnell geht, sehr schnell, er soll sich beeilen. Er wird sie nehmen. Mit geschlossenen Augen wird sie schreien. Sein Stöhnen wird sich mit ihren Schreien mischen. Sie wird aufstehen. Sie wird ins Bad gehen. Er wird das Wasser rauschen, dann den Hahn gluckern hören. Wenn sie zurückkommt, wird er sich hüten, ihr zu sagen, daß es ihn kränkt, wenn sie ihn so schnell vergißt. Er wird nichts sagen. Was kann man auch sagen, wenn Unterkunft und Essen gesichert sind?

Und das Wort verbreitet sich im Viertel. Wahnsinn, Psychose, Nutzlosigkeit. Es ändert sich ständig. «Ateba ist Jungfrau! Ateba, Adas Tochter, ist Jungfrau!» – «Großartig», sagen die konventionellen Weiber. «Wir waren das auch in ihrem Alter. Ach, wenn unsere Tochter nur so wäre wie sie!» Und in Kneipen, Küchen und Kammern machen unaufhörlich Sprüche die Runde, Worthülsen – die Männersprache, schlaff wie eine Fahne unter der Mittagssonne. Diese Sprache, die ohne die ursprüngliche Nachricht auskommt, die unabhängig von Wetter und Jahreszeit zäh von einem Mund zum anderen hüpft. Und in diesem Wirbelsturm der Gerüchte dreht sich Ateba, der Angst ausgeliefert, um sich selbst. Überall holt sie sich blaue Flecken an den Stützpfeilern der Tradition. Sie stehen überall im Weg, versperren ihr die Sicht, nehmen ihr die Luft, zerkratzen ihr die Hand, die sie zaghaft dem Licht entgegenstreckt. Allein.

Im Viertel erklärt man nichts. Man klagt an. Man verleumdet. Man prahlt. Das kollektive Gewissen, gefangen in den Metastasen des Fortschritts, ist ausgefranst wie alte Spitze.

Ateba steht in dem Zimmer herum, aus dem Ada gerade hinausgegangen ist. Ateba kramt. Schränke, Schubladen, Koffer. Die Mauer der Vergangenheit sprengen. Die Erinnerung entziffern. Ihre von Gerede verwirrte, in Stücke gerissene Gegenwart wiederfinden. Betty wiederfinden. Betty. Die Frau erahnen, dieselbe in jedem verschlissenen Tuch, in jeder zerknautschten Jacke, die beim Berühren knittert. Zittern beim Anblick eines beschriebenen Blattes. Indizien finden. Die Kapitel eines Lebens zurückverfolgen. Betty wiederfinden. Ihren Geruch. Ihren Geschmack. Ihre Gelüste. Die Frau einordnen, um sich selbst wiederzufinden. Keine aus dem Viertel sein, auf keinen Fall. Seine andere Identität in Bettys Geheimnissen finden.

Im Innern eines Koffers. Schals, Schmuck, Schlüssel. Fotos – Posen und Haltungen. Die Vergangenheit erzählt sich selbst. Ein Foto zeigt Betty in weißer Kleidung, mit einem Rosenkranz zwischen den gefalteten Händen. Erstkommunion. Wie überall werden im Viertel die Kinder am Tag ihrer Erstkommunion fotografiert. Auf Glanzpapier gebannt, zum Stillstand verurteilt, werden sie zu Engeln, ähnlich den Kindern, die sterben, bevor sie ihre Unschuld verlieren. Und hinter ihren naiven Gesichtchen die Grimasse der zu früh verschwundenen Kindheit.

1961. Betty sitzt auf einer Bank in der Sonne, die Beine übereinandergeschlagen, eine Hand an der Wange. Ihr Blick scheint nicht weiter zu reichen als bis zu der Hütte gegenüber. Empfindet sie Wehmut oder ahnt sie, daß sie bald Zugang zum Meer der Gegenwart finden wird? Die tieferen Ebenen erkennt sie nicht. Es ist, als würde man Kaurimuscheln werfen, um den Blick der Toten zu deuten. Betty löst sich auf.

1966. Betty im roten Minirock, stolz auf zehn Zentimeter hohen Absätzen balancierend, mit geschminkten Lippen und gelblichem Teint. Unmöglich, das Lächeln zu deuten, das den Mund nach links zieht. Die Vergangenheit verschließt sich wieder.

Um gegen die Angst anzugehen, hat Ateba den Koffer zugemacht, den Rock zurechtgezogen und ist mit straffem Oberkörper und wippendem Hintern auf die Straße gegangen. Sie geht zu Irene. Sie kennen sich schon aus der Schule, und ihre Freundschaft hat sich erhalten. Irene wohnt bei ihren Eltern, zwei etwas senilen Alten, die ohne große Sorge dazu beitragen, daß ihre Tochter immer mehr verkommt. Irene wird ihr von ihren «Mach-die-Beine-breit-Parties» erzählen. Ateba wird aufmerksam zuhören und während des Berichts auf ihrer Bank immer unruhiger werden. Dann wird sie an der Reihe sein. Um «in» zu sein, und damit Irene sie nicht für eine graue Maus hält, wird Ateba von Jean erzählen, von dem Ei. Irene wird Einzelheiten wissen wollen. Sie wird in Irenes Gesicht nach den Spuren der Liebe Ausschau halten, wird die Auswirkungen des Bösen registrieren. Irene bumst. Liebeserklärungen findet sie abstoßend. Oft sagt sie: «Sie schauen dich das erste Mal an und sagen: ‹Gott hat Sie geschickt. Meine Gebete wurden erhört.› Dann schauen sie dich ein zweites Mal an, sie sehen dich schon nicht mehr, aber sie sagen: ‹Wenn das heraufdämmernde Übel ein Gesicht hätte, so das einer Frau.›»

Ateba geht geradeaus. Ihre Füße bleiben ab und zu im Schlamm stecken, der einen schmatzenden Laut von sich gibt, wenn sie die Füße herauszieht. Zwei halbwüchsige Jungen, Zigarette im Mundwinkel, Stereoradio auf den Schultern, schnippen im Rhythmus der Musik mit den Fingern. Die von Laster korrumpierten Blicke bleiben an ihrem Hintern haften. «Sollen wir mitkommen, Baby?»

Ateba senkt den Kopf und antwortet nicht. Die Straße ist lang, sie hat vergessen, etwas zu trinken, bevor sie aus dem Haus gegangen ist. Sie bleibt, halb verdurstet, vor einer Hütte stehen. Der Eigentümer liegt auf einer Matte auf der Veranda. Als er sie sieht, steht er mit dem Anflug eines Lächelns auf. Er weiß, daß sie das Ei nicht verschlungen hat. Sein über dem Hängebauch geknotetes Tuch bedeckt nur dürftig das vorstehende Glied und zeigt dürre, stark behaarte Beine. Er wirft ihr einen scheinheiligen Blick zu.

«Was kann ich für dich tun, kleine Dame?»

«Wasser bitte, ich habe Durst.»

Er nickt, und ohne den Blick von ihr zu wenden, ruft er in die Hütte: «Wasser, Sebas!»

Ein etwa zwölfjähriger Junge kommt daraufhin mit einem Becher in der Hand heraus. «Hier, Vater», sagt er und reicht ihm den Becher. Der Mann nimmt ihn, verschüttet um ein Haar alles, reicht den Becher aber doch an Ateba weiter und sagt mit honigsüßer Stimme: «Da, nimm!»

Erfrischt gibt Ateba ihm den Becher zurück, bedankt sich und geht weiter zu Irene, der Freundin, der Vertrauten. Sobald sie einander ihre körperlichen und seelischen Probleme erzählt haben, werden sie eine vergleichende Studie anfertigen – welcher von ihnen geht es mieser? Schließlich werden sie all die schwachen Sprüche klopfen, die gesagt werden, wenn der Bauch der Nacht unfruchtbar wird und das Morgengrauen nicht mehr die Sonne gebiert – nur um zu überleben, um sich an das Leben zu klammern, die Verzweiflung zu verschleiern.

In die Straße kommt Leben. Es ist später Nachmittag. Die Händler haben ihre Metallgitter hochgezogen, und die Kinder kommen aus der Schule. Eine alte Frau sitzt auf ihrer Veranda, schlägt sich mit dem Stock an den Kopf und spricht mit sich selbst. In der Ferne bietet eine dicke

Mama fertige Gerichte an. In der Luft hängt der strenge Geruch von geräuchertem Hering, Safran und gebratenem Kabeljau. Ateba geht schneller. Vor ihr ist der Himmel bereits grau und hinter ihr versinkt die Sonne inmitten von Gold- und Kupfertupfen.

Schritte hinter ihr. Ateba dreht sich um. Jean. Er trägt ein schwarzes T-Shirt über einer blauen, viel zu langen Hose, die auf den Sandalen Falten wirft. Er kommt auf sie zu, sieht ihren Blick und nimmt zaghaft ihre Hand.

«Zwei Tage lauere ich dir schon auf, mein Engel. Warum bist du nicht auf mein Zimmer gekommen?»

«Was, das weißt du nicht?»

«Ich, was soll ich wissen?» Sein Blick weicht aus.

«Und wenn ich meiner Tante deinen Namen genannt hätte?»

Als diese Worte fallen, wird Jean ganz grün. Die Augen treten ihm aus den Höhlen, er stammelt: «Du hast doch nicht . . . du wirst doch nicht . . .» Schon sieht er sie nicht mehr, er erkennt in sich nicht den Mann wieder, der zwei Tage zuvor geschworen hat, sie gegen Sturm und Gewitter zu lieben, ihr zum Zeichen seiner Liebe die Sterne zu Füßen zu legen und zu leugnen, daß es das Dunkle gibt. Er ist nur noch ein Haufen verkrampfter Muskeln, so beschäftigt ihn die Frage, die er nicht auszusprechen wagt.

«Ich werde es nicht tun. Wie du es sagst», murmelt sie.

«Du bist ein feines Mädchen», sagt er erleichtert und greift wieder nach ihrer Hand. Sie weicht zurück. Er läßt seinen Arm herunterhängen. Er weiß, er wird die Herzen nicht wieder zueinanderführen können, wird diesem Mund kein «Ja» entlocken und sie nicht dazu bringen können, sich mit ihm zu verbünden. Er hätte über dieses Thema einen Aufsatz schreiben können mit These, Antithese, Synthese, wie seine Lehrer es ihm unbedingt hatten beibringen wollen. Aber heute kann er es nicht; nicht nur, weil er noch nie sehr gut im Aufsatzschreiben war, sondern auch, weil er dieses eine Mal schlecht lügen konnte. Er will nur noch eines: sich in sein Zimmer zurückziehen, ins Dunkle, weg vom Licht. Er dreht sich auf dem Absatz um. Ateba folgt ihm mit den Augen, bis er in der Menge verschwindet. Plötzlich hat sie keine Lust mehr, zu Irene zu gehen.

Wie ihre Füße die Straße zurückgehen, so wandern Atebas Gedanken in die Vergangenheit. Hier in dieser Straße hat Betty gelebt, in diesem Schlamm hat sie ihre Form gefunden. Dort unter dieser baufälligen Veranda hat sie sich betatschen lassen. Hier ist sie auf Pfennigabsätzen daherstolziert und hat die Hand nach ihrem Lohn ausgestreckt, ohne sich um Abschiedsküsse zu scheren. Dann wurden ihre an freie Bewegung gewöhnten Beine noch länger und verschwanden in den Hosen, die Mode wurden. Und die Straße hat sich nicht verändert. Ihr Staub, ihr Schlamm, ihre ausgebeulten Häuser, ihre Geschäfte, ihre Leitungspfosten. Ihre bleichen Neonröhren, ihre halb bekannten Gesichter. Im Viertel wird die Zeit vergessen. Betty auch.

Als Kind lag Ateba mit weitgeöffneten Augen auf ihrem Bett und wartete auf Betty. Sie ließ die Geräusche der Nacht verklingen und das Licht durch die Ritzen sickern. Dann ging sie mit kleinen Schritten aus dem Zimmer, sich zwischen den Möbeln hindurchschlängelnd, um keinen Lärm zu machen. Dann lehnte sie sich angespannt lauschend an die Tür, bereit, im Notfall einzugreifen. Betty kam zurück oder auch nicht. Ateba wartete auf sie. Wenn sie zurückkam, dann immer schwankend und um die Zeit, da das Leben zögernd wieder begann. Ateba öffnete die Arme, um sie zu begrüßen, und führte sie in ihr Schlafzimmer. Betty ließ sich angezogen aufs Bett fallen und schlief sofort ein. Am nächsten Morgen wachte sie mit Schatten unter den Augen und von zuviel Alkohol trockenem Mund auf. Ateba machte ihr Kaffee, den sie in kleinen Schlucken trank, wobei sie Ateba verstohlen ansah. Wenn sie ausgetrunken hatte, stellte sie immer die gleiche Frage:

«Hast du mir Brot gekauft?»

Ohne ein Wort zu sagen, stand Ateba auf, ging zur Speisekammer und brachte ihr ein Stück Brot mit Margarine. Betty aß zuerst das Weiche heraus und knabberte dann an der Kruste. Sie sprach selten von ihren Nächten. Sie zog es vor, die Hände zu vergessen, die sie betatscht hatten, die Schwänze, die in sie eingedrungen waren. Ihr erwachendes Gesicht nahm wieder die ursprüngliche Reinheit der Frau an. Ateba ließ ihr ein Bad ein.

Ateba geht langsam, wie unter einer Last. Es ist heiß. Sie hat es nicht mehr eilig. Niemand wartet auf sie. Nichts lockt sie. Klar, am anderen Ende der Straße hat sie ihr ganzes verhunztes Dasein: Ada, Jean, Yossep. Sie sprechen die gleiche Sprache und verstehen einander nicht. Wollen sie es denn überhaupt? Dazu müßte man die ganze Vergangenheit aufrollen, Bilanz ziehen, Ordnung schaffen, klären . . . Im Augenblick muß sie genug Kraft haben, um diese dunklen Zonen zu akzeptieren, die sie ihr zumuten, sie muß standhalten, am guten Ziel festhalten, damit ihre Hand das von ihnen gebotene Material formen und neu modellieren kann. Den ganzen Tag kümmert sie sich um die anderen. Sie wäscht, putzt, flickt. Aber Ich, Ich wußte, daß die Frau in ihrem Bewußtsein, in dem sich der

Mann nicht eingenistet hat, die Erneuerung formt und ans Licht bringt, um der inneren Abrechnung zu entkommen.

Jetzt sieht Ateba, wie das Licht sein Spiel unterbricht und die Nacht sich wie ein Mantel über das lebendige Treiben legt. Einige Familien essen zu Abend, andere berechnen die Tage, die noch vergehen werden, bevor es die nächste Mahlzeit gibt. In der Ferne spielen Kinder, und deren Geschrei hallt in ihr wider, weckt schmerzhaft frische Erinnerungen. Würde sie die Augen schließen, so würde sie von Bildern bedrängt, durch welche neues Geschrei entstünde. Langsam steht sie auf und betrachtet bitter Ada und Yossep, die im schummrig beleuchteten Wohnzimmer sitzen. Sie weiß, daß sie sich heute abend wieder umklammern werden. Sie werden sich von fernen Begierden packen lassen, sie werden sich an ihrer inneren Leere berauschen, denn die Leere berauscht ebenso wie die Illusion von Glück. Morgen werden sie aufwachen und beide davon überzeugt sein, daß sie den anderen zum glücklichsten Menschen der Welt machen.

Sie sagt: «Madame, kann ich schlafen gehen?» Sie bittet immer um Erlaubnis, bevor sie sich zurückzieht.

«Hast du mir mein Bad eingelassen?» Sie nickt.

«Und das deines Vaters?» Sie nickt wieder. Jeden Abend füllt sie die beiden Blechwannen für das Bad, Ada weiß das genau. «Gut, du kannst gehen, aber vergiß nicht, morgen ganz früh aufzustehen.»

Sie nickt noch einmal, lächelt und macht dann auf dem Absatz kehrt. Sie haben ihren verächtlichen Blick nicht bemerkt. Sie haben hinter dem Lächeln den Haß nicht gesehen, sie haben nichts gesehen. Wie immer. Sie bleibt noch auf dem Gang. Jean ist da, wenn sie das Licht in seinem Zimmer richtig deutet. Dann hört sie das Hin und Her von Schritten. Dieser Schritte, die sie haben zittern, träumen lassen. Sie hat seinen Rhythmus in sich aufgenommen, er ist in ihren Träumen erschienen, ihren wildesten Vorstellungen, er hat sie gepackt, sie hat sich nehmen lassen . . . Sie hat ihn geschaffen. Aber heute abend zeichnet die betäubte Illusion mit kalter Genauigkeit einen heruntergekommenen Mann, einen grotesken Gott; Glied einer zerrissenen Kette der Zivilisation, brüstet er sich im Schatten einer glorreichen Vergangenheit, deren Asche langsam erkaltet. Er weiß, daß es nichts mehr zu nehmen gibt, nichts mehr zu übermitteln, daß es nichts mehr gibt, worüber er befehlen könnte, außer der Unordnung der Luft oder des Windes. Und doch unterwirft er sich, fügt sich in sein Gefangenendasein, indem er die Falle mit einfachen Illusionen erfüllt. Er sagt, dies sei der Augenblick der Hoffnung. Jeder im Viertel sagt das und betrachtet die Vergangenheit isoliert. Ateba wird Irene nichts von ihm erzählen. Was würde sie ihr erzählen? Daß sie ihn erträumt hat, vom ersten Wort an? Daß er sie von der ersten Handlung an enttäuscht hat? Wie banal! Sie würde schon etwas anderes finden, was sie ihr erzählen könnte. Etwas Bedeutendes, etwas mit mehr Pfeffer! Sie wird morgen darüber nachdenken. Morgen ist ein neuer Tag. Morgen, das ist noch weit weg.

Sie öffnet die Tür zu ihrem Zimmer. Der Geruch von muffiger Luft, Urin und Schimmel sticht ihr in die Nase. Sie nimmt sich ganz fest vor, daß sie morgen putzen wird. Sie nimmt sich immer vor, morgen zu putzen. Und die Morgen vergehen. Sie vergißt es. Die Gerüche bleiben. Sie macht das Licht an, zieht sich aus und legt sich aufs Bett. Mit geöffneten Augen lauscht sie den Geräuschen der

Nacht, dann läßt sie nach und nach zu, daß sie sich in den fernen Bereichen des Lebens auflösen. Sobald die Unordnung in ihrem Kopf bewältigt ist, hat sich die Nacht auf ihre Lider gesenkt.

Als sie die Augen aufschlägt, hat der Hahn schon das erste Mal gekräht, aber die Morgendämmerung läßt noch auf sich warten. Sie steht auf, legt sich ihr Tuch um und geht aus dem Zimmer. Die Straße ist fast menschenleer. Einige Nachtschwärmer kommen vorbei. Ein Hund bellt, andere Hunde antworten. Ateba kennt sie, diese Straße vor Tagesanbruch. Sie kann sie nicht leiden, und doch würde sie für nichts in der Welt von hier fortgehen. Sie führt nirgends weiter als bis zum Fuße des Pfostens, an den Ateba sich lehnt. Sie ist düster wie alle vergessenen Straßen, und wie alle stinkt sie nach Tod. Während des Bürgerkrieges haben sich hier an diesem Pfosten die Widerstandskämpfer versammelt, und ihre Schatten sind geblieben. Ateba hat die alten Viertelbewohner gefragt, wie das tägliche Leben während des Bürgerkrieges war. Sie hat versucht, im Labyrinth der Vergangenheit die Ursachen des Verfalls zu entdecken. Sie hat keine Erklärung gefunden. Nichts, was ihre Schritte lenken könnte, nichts als Leere, als wären Vergangenheit und Gegenwart miteinander verschmolzen und zu einer Form erstarrt: dem Tod.

Wie oft hatte sie unter diesem Pfosten nicht schon versucht, das Viertel nach ihren Vorstellungen neu aufzubauen? Ein Tuch um die Taille geschlungen, reiste sie mit bloßem Haupt und bloßen Füßen in einem Viertel umher, das in einem milderen Klima erbaut wäre. Mit der Geschicklichkeit eines Künstlers machte sie sich daran, dem Viertel Merkmale von Städten zu verleihen, deren Schönheit ihr auf Postkarten begegnet war. Manchmal wurden ihre Visionen so genau und so real, daß ein gewaltiges Glück sie durchströmte: Und Ateba Léocadie ließ sich mitreißen. Sie kannte sich nicht mehr, sie entwickelte eine Flut nie gedachter Gedanken, unvermuteter Gefühle, unerklärter Erfahrungen. Sie lachte, sang und weinte ohne Übergang, als wären die Barrieren des Verstandes, die der Mensch aufgerichtet hat, reine Illusionen. Schritte. Ateba hebt den Kopf. Jean. Ihre Blicke kreuzen sich. Verschämt zupft sie an ihrem Tuch, streicht sich eine Locke aus dem Gesicht, befeuchtet die Lippen. Dann strafft sich ihr Körper. Mit beiden Füßen steht sie fest auf der Erde, wie Großmama es immer in besonders konfliktträchtigen Situationen tat.

«Hallo, ich konnte nicht schlafen, da bin ich ein bißchen Luft schnappen gegangen.»

Und dann? Ist das alles? Keine Überlegung? Kein Gedanke? Leere? Er erinnert sich an nichts, er will sich an nichts erinnern, wie alle aus dem Viertel; das Leben ist nicht mehr intim, nicht mehr persönlich. Die Reaktionen genausowenig.

Heute morgen war ich ein bißchen zu früh bei der Arbeit. Der Chef war noch nicht da. Ich bin rein in die Werkstatt. Hab die Maschine eingeschaltet. Wie ein Blöder hab ich geschuftet. Als er kam, hatte ich allein fast die ganze Arbeit von zehn Mann gemacht. Er hat zu mir gesagt, ich sei ein guter Arbeiter, ich würde bald befördert. Er ist in sein Büro gegangen. Nach ein paar Minuten kam er zurück und hat mich gefragt, ob ich die Motorsäge gesehen hätte. Ich habe gesagt: «Nein, hab ich nicht gesehen.» Er meinte, ich sei allein gewesen und niemand außer mir könne sie genommen haben. Also habe ich meine Arbeit liegenlassen, und wir haben zusammen die Säge gesucht. Umsonst. Dann hat er gesagt, es tue ihm leid, aber er sehe sich verpflichtet, die Polizei einzuschalten. Und sie kamen, nahmen mich mit, durchsuchten mich, nahmen meinen Namen, meine Adresse auf und haben verlangt, daß ich dem Gericht jederzeit zur Verfügung stehe.

Und dann? Wie wird gehandelt? Wie reagiert? Wie verteidigt sich so einer? Oder revoltiert er? Die Viertelbewohner reden nie davon. Um die Wahrheit zu sagen, das haben sie nicht in sich. Es zählen allein die Sprachregeln der anderen: der Chefs, der Bullen, der Konvention. Persönliche Empfindungen sind abgeschafft. Und die Zeit vergeht, sie ist hart, drückt Kehle und Augen zu. Aber die Viertelbewohner warten mit ihrer Geduld, der einzigen Erbschaft der Armen, immer darauf, daß andere für sie die Erfüllung als Menschen erreichen.

Ateba wird wütend. Sie gehen ihr auf die Nerven mit ihren hilflosen, unfertigen Geschichten, ihren Bücklingen, ihrer Stumpfheit. Sie ist mehr für die Schreie aus dem Bauch heraus, für das Geschrei, das Leben erschüttert und Blut bedeutet, für das Aufstöhnen, das einem Erdbeben gleicht, die Irrtümer der Natur korrigiert und den Menschen an die Schwelle der Ewigkeit bringt.

«Mistgöre! Hure! Undankbare!»

Luftworte, wie die Viertelbewohner ohne Wirkung,

ohne Substanz, Worte, die nur die Leere der Verzweiflung füllen sollen; Menschen, die nur die Lücken der Menschlichkeit stopfen sollen, damit sie sich nie schließen. Sie hat genug davon! Die Nase voll von all diesen Ersatzhandlungen, die nichts bewirken.

«Du sagst gar nichts.» Jean macht sich bemerkbar. In ihre Gedanken versunken, hat sie ihn fast vergessen. Fragend sieht er sie an, nimmt ihre Hand, streichelt ihre Wange, ihren Nasenflügel. Sie antwortet, um nichts sagen zu müssen, mit einem Lächeln, einem matten Lächeln, das man aufsetzt, wenn man sich das Recht nimmt, nicht zu antworten. Er sieht in diesen kaum verzogenen Lippen ein Zeichen der Ermutigung, nimmt ihre Hand und setzt einen schmachtenden Blick auf. Er sagt, es tue ihm leid wegen heute früh. Er sagt, er habe sie unendlich gern, aber er habe nicht anders handeln können. Er sagt, wenn sie es wolle, könnten sie sich verständigen.

Das ist ein sehr schönes Wort. Und vergeblich. Sie versteht ihn nicht mehr. Sie ist nur empfänglich für die Vorstellung von einem Mann, der sich den Kopf zerbricht, bevor ihm Worte über die Lippen kommen. Verzeiht sie ihm? Gewiß verzeiht sie ihm. Was sollte sie sonst tun? Sie würde gegen den Wind ankämpfen, sie würde über der Erde schweben, dieser Erde, die sie so sehr liebt. Sie würde ihm ihre Abscheu entgegenspucken. Ihre Ruhepausen würden kürzer, ihr Degen würde rot werden von Blut, und der Mann würde die Stufen des Wissens erklimmen, um die Frau lieben zu können. Ateba nickt mehrfach mit dem Kopf, um anzudeuten, daß sie ihm verzeiht. Sie gähnt und macht Anstalten zu gehen. Er hält sie zurück.

«Wir können noch mal von vorn anfangen, nicht?»

«Laß mich los, du tust mir weh.»

«Entschuldige, kann ich hoffen, daß ...»

«Nein!»

«Warum?»

Da bricht es aus ihr heraus.

«Weil du mich enttäuscht hast. Ich habe dich für kämpferisch und unbeugsam gehalten. Ich weiß jetzt, daß ich mir nur ein Bild zurechtgemacht habe. Du bist nichts als eine Larve.»

Er hat nicht versucht, sie zurückzuhalten. Sobald sie in die Dunkelheit getaucht war, hat sie sich umgedreht und ihn mit heruntergelassener Hose mitten auf dem Weg pissen sehen. Er schaut dem Bogen nach, den sein Urin bildet. Dabei beobachtet er sie aus dem Augenwinkel und stößt die Hüften vor, damit der letzte Strahl viel weiter spritzt. Ateba schüttelt sich vor Lachen.

Die Morgendämmerung bebt vor ihrem Fenster und bringt ihr den Tag vorbei. Die anderen, all die anderen haben am Bahnhof der Langweile wieder den Zug in den Alltag bestiegen und tun nun so, als ob sie lebten. Sie ist allein, während es langsam Tag wird, und sie denkt, das Licht zögere seine Ankunft hinaus, und daß sie alle für einen Augenblick etwas von dem Schatten annehmen, der sich vor ihren Augen verteilt und ins Unendliche ausbreitet. Aber Ich, Ich habe sie gesehen ... Ich habe gesehen, wie ihr Blick in die Woge der Gegenwart tauchte, wo sie zu einer Geste des Aufbruchs ansetzte. Ich habe diese Augen einer Frau gesehen, die nie wieder zurückweichen wird, sondern nur voranrücken, geradewegs auf das Licht zugehen wird.

Sie ist vorwärts gegangen, bis sie gegen das Hindernis stieß, das der Nachttisch bildete, und ihre Hand fand einen Stift und ein Blatt Papier, auf das sie in großen Buchstaben drei Sätze schrieb, die sie rot unterstrich.

REGEL NUMMER EINS: DIE FRAU WIEDERFINDEN.
REGEL NUMMER ZWEI: DIE FRAU WIEDERFINDEN.
REGEL NUMMER DREI: DIE FRAU WIEDERFINDEN UND DAS CHAOS VERNICHTEN.

Sie hat das Blatt über dem Tisch angeheftet. Sie ist glücklich. Alle ihre Ängste stecken geballt in diesen drei Sätzen und sind in goldenen Lettern in ihr Gedächtnis eingeprägt. Von nun an wird sie den Widersprüchen dieser Welt Einhalt gebieten können.

Spülen, Bügeln, Kochen. Die Routine, der Tod, in gewisser Hinsicht. Sie hat die Handlungen ausgeführt, ohne sich mit Worten zu belasten, in friedlicher Leere schwebend. Ein zeitloser Morgen, und der Film von einer anderen Welt vor ihren Augen. Es ist fast Mittag, als sie den Kopf hebt und sich vor dem Spiegel reckt. Sie hat einen verspannten Rücken. Unmöglich, sich dem Schmerz zu widersetzen. Eine Hand in die Hüfte gestützt, geht sie langsam in ihr Zimmer.

Früher klagte Betty über ihren Rücken. Sie legte sich bäuchlings auf eine Matte, eine Hand unter dem Schoß. Sie schloß die Augen und sagte: «Der Rücken tut mir weh.» Ateba kam dann zu ihr, kniete sich neben sie, rollte ihr Tuch bis zu den Oberschenkeln hoch. Zuerst waren es nur Strömungen, als wolle sie neu fühlen lernen. Sie spürte ihre Muskeln und die Wärme ihrer Haut, die Haut ihrer Mutter, zart und schon feucht. Dann streichelte sie Betty langsam von unten bis oben, bei den schmerzenden Stellen verweilend. Betty schloß die Augen, ihr Gesicht spannte sich. Ateba wollte, daß sie sich völlig entspannte, daß sie sich tragen ließ. Ateba massierte sie immer schneller, immer intensiver und beobachtete die zunehmende Gelöstheit ihres Gesichts.

«Ist das gut so? Gefällt es dir?»

Betty antwortete nicht, Ateba gab sich mit ihrem Schweigen zufrieden und deutete es als Zeichen von Genuß. Sie verstärkte ihre Bewegungen, sie war glücklich, sie war die beste aller Töchter. Sie half ihrer Mutter, sie erleichterte sie, sie erleichterte sich, für sie, für sich, für alle. Betty stöhnte. Von Wohlbehagen angestachelt, gaben die Muskeln nach, wurden weich und dehnten sich. Und Ateba machte es Vergnügen, die Muskeln zu betasten, zu kneten, diesen Frauenkörper zu massieren, der schon durch so viele andere Hände gegangen war. Sie massierte sie an Stelle der Tausende von Männern, an Stelle von deren unzähligen Händen, sie tat es nur für Betty ... Betty ... Ihr Vorname summte in ihrem Schädel. Sie wollte zu ihr sagen: «Betty, ich liebe dich.»

Aber die Worte kamen nicht. Sie waren nie da, wenn sie sie rief. Sie blockierten den Fluß des Lebens mit schwülem Schweigen, das Betty brach, sobald sie zu Vertraulichkeiten geneigt war: Betty sagte dann:

«Der Mann, mit dem ich gestern abend ausgegangen bin, hat böses Blut.»

Keine weitere Erklärung, keine weiteren Worte, nichts,

als hätte die Kraft, die ihr noch blieb, sich in diesem Satz verausgabt.

Dann dachte Ateba nach, kombinierte und kam zu dem Schluß, jenes «böse Blut» bedeute den Schmutz und Schleim, den sie im Körper ihrer Mutter abließen. Sie wäre gern in ihre Mutter hineingeschlüpft, um jede Ader, jede Vene von bösem Blut zu reinigen, dem Blut, das die Männer in Betty vergossen, um sich selbst zu entschlacken. Ateba hätte sie gern geschlagen, zermalmt, gebissen, verstümmelt; statt dessen blieb sie da, ihre Ohnmacht vor Augen, die sie mit Zärtlichkeiten verdeckte.

Betty hatte nie gemerkt, daß solche Worte ihr Kind verstörten. Mit geschlossenen Augen genoß sie einfach weiter das Glück, das ihr Atebas Hände vermittelten. Ateba unterdrückte ihre Empfindungen und fragte sie, ob es ihr bessergehe, ob sie weniger Schmerzen habe. Betty antwortete mit einem Lächeln, einem Blick. Ateba erhob sich nicht gleich. Minutenlang behielt sie noch die Hände auf dem Rücken ihrer Mutter, den sie gerade massiert hatte, betrachtete diesen befriedeten, besänftigten, halbnackten Körper.

Sie sah die Lider ihrer Mutter sich langsam wieder schließen. Sie liebte diese müden Lider; nur wegen Betty sann sie darüber nach, nur für sie, ohne an die anderen zu denken, die sich nur allzuschnell wieder zurückzogen, um zu ihren Frauen zu eilen; die abspritzten und sich beeilten, in die Hose zu schlüpfen. Es machte Ateba glücklich, sich vorzustellen, daß sie keine Augen hatten, da sie zu früh gingen, daß sie den Mond nicht die Erde verlassen sahen. Ateba Léocadie nahm Rache. Sie sah hin. Die geschlossenen Lider. Die Nase. Der Mund. Mutter und Tochter hatten den gleichen üppigen Mund, die gleiche geschürzte

Unterlippe. Sie betrachtete den Hals, an dem die Goldkette leuchtete. Wenn sie sicher war, daß Betty wirklich schlief, deckte sie sie zu und ging so leise wie möglich, um sie nicht zu stören, um nicht in jene andere Welt einzudringen.

Sie fühlt sich geschlagen an diesem frühen Nachmittag, schläfrig in der glühenden Hitze unter dem Wellblechdach, den Gerüchen ihres Zimmers. Ihr ist, als hätte sie Kiesel im Kopf und im Rücken. Sie sagt sich, daß es ihr draußen bessergehen wird. Sie steht auf und schleppt sich auf die Straße. Das Viertel knistert. Die Luft hat etwas Niederdrückendes. In der Ferne patrouilliert am klaren Himmel ein Geier und bildet einen schwarzen, beweglichen Fleck. Eine Hand in die Hüfte gestützt, gönnt sich Ateba eine Atempause, eine Pause im Schatten eines Daches.

Plötzlich hört sie einen gellenden Pfiff, dann einen Schuß, dann Getrampel. Soldaten, Maschinenpistolen in der Hand, tauchen überall auf, sperren die Straße, dringen in die Häuser ein. «Keine Bewegung! Ausweiskontrolle!»

Sie spürt den Boden unter ihren Füßen nachgeben. Ein Soldat hat sie am Kragen gepackt und mit der Nase auf die Erde geworfen. Hunderten von Männern, Frauen und Kindern ergeht es ebenso. Überall dröhnen Befehle, Personal- und Wählerausweise werden verlangt, es wird geschlagen. Neben schon lange daliegenden Viertelbewohnern hat sie Frauen weinen, Kinder vor Angst wimmern sehen. Dort in den leerstehenden Häusern laden die Soldaten die Kassettenrecorder ein, die Plattenspieler, die Kühlschränke.

Was tun? Die Augen zum Himmel erheben und um Gnade bitten? Laufen, bis eine Kugel der Flucht ein Ende bereitet? Sich in den Staub drücken, um sich wiederzufinden? Hier herrscht nicht Krieg. Aber der Friedensengel ist untergetaucht.

Es gibt noch andere Ängste, andere Blutströme, die nur ihre Tränen werden wegspülen können. Es wird auch andere Tröstungen geben, schöne Bilder – schön wie das verschwundene Lachen der Frau, das unendliche, bis in die Ewigkeit reichende Lachen.

Ein Kolbenhieb in die Seite. Brennender Schmerz. Sie zwingt sich, nicht aufzuheulen. Sie blickt zu dem Soldaten auf. Ein Riese mit Armen wie Baumstämme und Beinen wie Balken. Er strahlt Brutalität aus, Verbrechen, sein verschlossenes Gesicht scheint nicht oft gelacht zu haben.

An den Schulterklappen sieht sie, daß er Obergefreiter ist.

«Deine Papiere!»

«Die sind zu Hause, ich wußte doch nicht . . .»

«Komm mit.» Voller Angst folgt sie ihm. Er führt sie zu einem leerstehenden Schuppen. Ich selbst fühle mich plötzlich nicht mehr wohl in meiner Haut. Ich fuchtele herum, gebe Zeichen. Dieser Mann ist von der Sorte Tod beseelt, die die Angewohnheit hat, alles zu berühren, auseinanderzunehmen und ganz nach Lust und Laune zu verrücken. Ich sehe ihn sich vor der Frau aufbauen, ihr den Weg versperren, um sein Geschenk von ihr zu kassieren. Er kommt ihr nahe, lächelt. Er will sie vorbereiten, er will, daß der Mann für immer im Gedächtnis der Frau herumschwirrt. Ich senke den Blick. Ich weiß, dieser Blitzhochzeit ist nicht zu entkommen. Ich will sie nicht sehen, aber das Bild überfällt mich wie ein Schwarm ausgehungerter Aasgeier. Ich schlage um mich, sie zerreißen mich. Ich werde zu der wahnsinnigen Hexe, die am Wolkenfels zerschellt. Ich wende den Kopf zum Himmel und lasse den Blick wie ein Lot in die Horizontale fallen. Ich schreie meine Abscheu heraus, Ateba versinkt in seinen Armen. Die Scheidung von Körper und Körper muß vollzogen werden, Kopf hoch, Hurenseele! Laß dich in seine Arme sinken. Zieh kein Gesicht, wenn er dich auf den Mund küßt. Löse dich sanft, lächle und rede mit ihm. Sag ihm, wie schön und wie klug du ihn findest. Verfluche die bösen Bürger, derentwegen er arbeiten muß, obwohl er es bei sich zu Hause doch so gemütlich hätte. Entlocke ihm die Wörter, die Wörter der Lüge – Männer mögen nichts lieber als das –, damit er seinen dressierten Körper vergißt. Und der Kerl redet. Und solange er redet, sieht sie ihm zu beim Reden. Sie hört nicht mehr zu, soll er nur reden. Er wird ihr Liebhaber in Worten. Er redet von ihrem Po, ihrem Busen, ihren Achselhöhlen. Er schließt die Augen, kehrt zurück zu anderen Hochzeiten, anderen Körpern, anderen Wonnen. Er erzählt Bilder, Bilder, die ihn zerbrechen, ihn quälen, ihn nach Atem ringend auf sein Bett werfen, von zuviel Glückseligkeit berauscht. Und während er vom Taumel, von der Blendung durch das lebenspendende Dreieck träumt, zündet der seiner Grausamkeit, der Gier nach Macht und Blut ausgelieferte Mann seine eigenen Totenkerzen an.

Sie ist in die Sonne gestürmt, nachdem sie dem Kerl ihr Minimum an Respekt erwiesen hat. Sie ist geradeaus gelaufen, entschlossen, die größtmögliche Distanz zwischen sich und die anderen zu bringen. Von Fenster zu

Fenster erreichen sie Klagen und Seufzen, wie aus der Ferne, gedämpft von ihrer Verzweiflung. Irgendwie hat sie sich bis zu Irenes Haus am letzten Pfosten geschleppt. Hier war niemand beunruhigt, wegen der strategisch wichtigen Lage der Gegend. Die Straße führt in der einen Richtung zum Flughafen und in der anderen zum Sitz des Präsidenten. Um keine diplomatischen oder die Presse interessierenden Zwischenfälle zu provozieren, werden hier die Viertelbewohner sehr rücksichtsvoll behandelt. Die Regierung wacht darüber, daß die ausländischen Scheißer bei sich zu Hause keinen Mist erzählen. Deshalb hat man dreihundert Meter weit die Straßen geteert, alle Häuser blau angestrichen und den Straßenhandel verboten. Anfangs waren die Viertelbewohner mit diesen Maßnahmen komischerweise sehr zufrieden. Sie nannten sie «öffentliche Hygiene» und warteten in ihrer heiteren Geduld jahrelang darauf, daß die «öffentliche Hygiene» bis zum Herzen des Viertels vordringe. Und lange Zeit bedeutete das einen Wettlauf um Bauplätze und die Aufregung, die daraus entsteht. Überall wurde spekuliert. Jede Blechbaracke, jede Parzelle Land, jeder Müllplatz, jede Unze Schlamm war Gegenstand von Spekulationen. Manche schlugen sogar ihren Nachbarn vor, sie sollten ihre Toiletten kaufen, überzeugt, daß binnen kurzem das Viertel eine der schönsten Gegenden von Awu sein würde. Aber die Zeit verging. Sie sind immer noch da, reisende Gefangene, an ihren Dreck gebunden, ihr Stück Land hätschelnd, an allem sparend, neidisch auf die Weißen, die in den Hotels Geld springen lassen. Sie werden nie zugeben, daß sie nichts mehr erwarten.

Alle haben sie ihre Felder im Dorf verlassen mit gerade genug Geld für die Fahrkarte ins Land der Kultur und

Zivilisation, um wie Zivilisierte zu essen und zu trinken, während sie darauf warten, daß die Zivilisation sie verschlingt. Und sie kommen da an, junge Leute, entwurzelt, in der Klemme, an ihren Illusionen hängend. Sie kommen an und entdecken, daß andere, noch gieriger nach «Zivilisation», bereits von allem Besitz ergriffen haben. Sie entdecken überrascht, daß der Boden, den sie betreten, so wenig ihr eigen ist wie ihre Hütten. Daß selbst ihr gewohntes Toilettenpapier – Blätter, Wildpflanzen – jemand anderem gehört, den reichen Familien der Stadt, aus Kade, aus Wande, aus Kondo, aus Ekani . . . All diesen feinen Leuten, diesen «Sechzehn Schwarzen», denen man im Hotel über den Weg läuft, die nach Gier stinken in ihren Schneideranzügen. Aber die anderen, die Leute des Viertels, ebenso auf der Jagd nach Zivilisation wie die Besitzenden, vermodern in ihren von Ungeziefer befallenen Häusern, überzeugt, daß ihre Blechhütten kleine Versailles sind und ihre Plastikeimer das neuste Produkt der Spitzentechnik. Sie werden nicht mehr nach Hause zurückkehren, sie werden da warten, am Nostalgie-Fieber und an der Zukunfts-Diarrhöe verrecken, in den Dreck schmelzen wie Schokolade in der Sonne. Sicher saugen ihre Kinder die «Zivilisation» mit der Muttermilch ein und schaffen es sogar, aus Reifen Ballons zu machen, aber ihre Eltern, die können nichts mehr.

Irenes Zimmer sieht aus wie ein Ramschladen. Auf dem Fußboden liegen Frauenzeitschriften, Comics; Vorhänge gibt es überall, nur nicht an den zwei kleinen Fenstern, die ihre Gittermäuler aufsperren wie Mausefallen. Aus einer lachsrosa Plastikhülle schauen Kleider heraus wie in Erwartung einer möglichen Abreise. Eine Liege aus Kunstleder, schwarz vor Dreck, beherrscht eine Wand in ihrer ganzen Länge. Darunter tummeln sich Mäuse und Küchenschaben. An die Wand ist eine falsche Marilyn Monroe gepinnt, mit entblößten Schenkeln, die großzügig grinst und kleine, spitze Zähne zeigt, wie die Zacken eines gespaltenen Schädels. Irene sitzt auf einem wackligen Hocker, Zigarette im Mundwinkel, die ewige Coca-Cola-Flasche zwischen den Beinen. Als sie Ateba sieht, steht sie auf, schmatzt ihr einen lauten Kuß auf die Wange und zieht sie ins Wohnzimmer. Sie läßt sich in den Sessel sinken und schiebt ihren Rock sehr hoch.

«Also?»

«Also was, Irene?»

«Das Ei. Erzähl.»

«Pah, uninteressant. Erzähl lieber du.»

«Ich hab gestern einen Typ aufgerissen, einen Spießer, Typ Schmerbauch, alle möglichen Macken, aber die Finanzen stimmen.» Sie zündet noch eine Zigarette an und nimmt einen Zug, bevor sie weiterredet. «Ich hab ihn am Hafen getroffen. Er hat mich zu dem Chinesenfritzen mitgenommen. Wir haben uns Delikatessen gegönnt, Reis und fritierte Krabben. Mir läuft jetzt noch die Spucke im Mund zusammen, wenn ich nur daran denke. Er wollte, daß wir den Abend zusammen beenden. Er hat mich ins *Sainte* mitgenommen. Da war was los. Der Typ tanzte steif wie ein Stock. Die Weißen, die habens Tanzen nicht drauf, weißt du. Ach, scheiß drauf, meine Gute. Er hat den ganzen Abend nicht aufgehört an mir rumzumachen und mich vollzulabern, wie schön ich wäre und wie sehr ich ihm gefallen würde und so weiter, tralalafidelbums. Siehst du, wo's langgeht?»

Ich, Ich wußte, daß hinter den lauschenden Ohren die Augen schauten. Sie sahen sie blond, als Göttin mit Lügnerinnenlächeln, auf zehn Zentimeter hohen Absätzen stolzierend. Sie sahen sie verloren in dieser dunklen Bar, schmachtend nach den Lippen, die sie anwidern, und sahen ihre Hände, die es so eilig haben, ihren Lohn einzustecken. Sie sahen sie, den Engel mit der Betrügerseele, diesem langweiligen Schmierkerl nachlaufend, jedem Franc, den der Mann aus der Tasche zog, gierig nachschauend. Sie sahen sie, die Frau, trinkend und tanzend, immer trinkend und tanzend, um diesen Körper zu vergessen, der sich bei Dämmerung dem Strome der Begierde überlassen wird. Sie sahen sie, sahen den Schatten einer heimtückischen bedrohlichen Entwicklung, der sich abzeichnete hinter der schwerfälligen Schwangeren, hinter der Kleinen, die sich andauernd über die Brüste streicht, um die kleine Kugel zu reizen, die den Beginn ihres Frauseins anzeigt; hinter dem jungen Mädchen, das brav in der Ecke des Haushalts hockt und weise abwartet, wie andere über ihr Frauengeschick entscheiden. Sie sahen sie und liebten die Unterschiedlichkeit ihrer Erscheinungsformen.

«Siehst du ihn heute abend wieder?»

«Bist du krank, oder was? So einen Typ wiedersehen? Nie im Leben! Warte, ich erzähl dir, wie's weiterging. Er hat mich mit zu sich genommen. Wir haben uns gewaschen. Der Herr bittet mich, ihm sein Ding zu lutschen. Ich sag nein. Wenn du das gesehen hättest, du hättest mir recht gegeben. Ganz klein das Ding und ganz rot. Er besteht nicht drauf. Also, dann alles: Er wirft mich aufs Bett, stürzt sich auf mich, reibt sich an mir, streichelt mir die Brüste, den Bauch, die Klitoris. ‹Ich möchte dir Lust schenken›, sagt er und sabbert mich voll. Ich sehe ihn an, so mit ganz verdrehten Augen, als ob ich schon soweit wär. Er sieht das, rutscht auf und ab und hopp, hopp. Ich denk, der Herr ist fertig und läßt mich in Ruhe. Aber nein. Das Ganze noch mal von vorn, und ich schreie, um nicht als Spielverderberin dazustehen, und er rutscht auf mir rum, immer wieder, bis es hell wird. Ich bin geschafft», sagt sie schließlich, gähnt und streckt sich. «Ich könnte glatt zwei Tage durchschlafen.»

Schlafen. Ateba hebt den Kopf und schaut ihre Freundin an. Sie wird sie nicht verteidigen wegen der Ringe unter den Augen, der blassen Lippen, die wie welke Blüten eingefallen sind, wegen dieser unheilbaren Affektiertheit, durch die sie sich, wie auch durch ihre Redeweise, in die Hölle befördert. Heute abend wird Irene ausgehen. Ein anderes Leben, ein anderer Zyklus, ein anderer Zirkus. Irene wird sich für den Mann verlieren und sich in eine andere verwandeln. Tochter des Ministers hier, Tochter des Botschafters da, Tochter des Rechtsanwalts heute und Cousine des Präsidenten der Republik morgen. Für jede Dämmerung ein neues Kleid und eine neue Identität, unaufhörlich verloren und erneuert im Rahmen einer unveränderlichen Geschichte, die von Unglück handelt. Und der Mann wird sie anhören. Er wird Irene bedauern und ihr dabei das Haar zerzausen. Aber wenn er sich schneuzt, wird er sagen: «Wie gütig und gerecht Gott doch ist! Ihr Unglück lindert mein Leid.»

«Du wirkst auf mich nicht sehr fit! Liebesgeschichten?»

«Mach dir um mich mal keine Gedanken», sagt Ateba lächelnd. Sie zwinkert Irene zu: «Du hast selber schon besser ausgesehen.»

«Ich hab meine Regel immer noch nicht. Ich mache mir langsam ernstlich Sorgen.»

«Nun übertreib mal nicht. Das kann sich verschieben. Das ist normal, das kommt vor.»

«Glaubst du?»

«Ich glaube es nicht, ich weiß es. Außerdem, da hat sich doch ganz schön etwas geändert. Wenn es ein Problem gibt, kann man was unternehmen. Aber jetzt muß ich wirklich gehen. Ich hab noch zu tun.»

«Warte», sagt sie und streckt die Hand nach Ateba aus, «ich möchte, daß du noch bleibst. Ich fühle mich so einsam.»

Ihre Hände blieben lange verflochten. Die von Irene war heiß und zuckte unruhig. Atebas Hand zitterte in dem Verlangen, Irene zu beschützen, ihr zu zeigen, daß sie nicht allein sei, daß sie Ateba Léocadie habe, hier und überall, daß sie niemals mehr weinen oder sich allein fühlen müsse. Wußte sie, daß die Verachtung, die man ihrer Lebensweise entgegenbrachte, die Augen in Scheinheiligkeit ertränkte? Sie wollte ihr sagen, daß sie sich um Ehe und Kinder keine Gedanken machen sollte ... Das war eine Kleinigkeit. Sie hätte so gern ... so gern, aber sie sagte nichts, weil die Worte ihr an den Lippen hängenblieben. Sie begnügte sich damit, die Hand in ihrer Hand sehr fest zu drücken, auf diese Welle vielschichtiger, roher Zärtlichkeit zu hören und sie in Bereiche tragischen Glücks mitzuziehen. Als ihre Hände sich voneinander lösten, sah sie, daß Irene trockene Augen hatte.

Sie ist sehr schnell von ihr fortgegangen, um Betty wiederzufinden, die abwesende Frau, die sie schon so lange vergeblich sucht, der sie jedoch gewiß nicht morgen an einer Straßenecke begegnen wird. Das ist sie selbst, die Frau, die in ihrer Stimme, in ihren Augen und ihrem Gang fortlebt. Als Kind bewunderte Ateba Betty. Ihr Körper war schön, ihre Seele unrein. Aber sie liebte sie. Sie liebte sie trotz ihrer Unreinheit. Sie dachte: ‹Wenn ich groß bin, wird sie mir die Kunst beibringen, mich zu verstellen und den Brunnen des Taumels zu erforschen.› Aber die Zeit verging. Betty trieb sich in den Straßen herum, schrie ihren Ekel heraus darüber, daß in ihr sich ein neues Wesen eingenistet hatte. Sie spielte mit Blumen, um das Leben zu täuschen und das Licht wiederzufinden. Sie trank, sie nahm Abführmittel, sie übergab sich. Und das Leben ließ sich nicht einfach runterspülen. Sie sagte dann: «Es muß weggehen. Es muß. Ich will nicht mehr! Ich kann nicht mehr! Ich kann es nicht ernähren.» Wieder trank sie, führte sie ab, übergab sie sich, aber das Leben blieb in ihr. Sie machte so weiter, bis sie erkannte, daß der Bauch ihre Kräfte fraß. Da sagte sie endlich: «Wenn ich nicht aufpasse, bin ich es, die draufgeht.» Aber der Tod liebt die Kinder von Betty, die kleinen, lebhaften Kinder mit den großen Augen und den alten Mündern. Er ließ sie drei kleine Runden drehen und nahm sie dann zu sich. Nur Ateba hat er verschont.

Wie oft hat Betty es Weihnachten werden lassen? Ateba weiß es nicht mehr. Sie will es nicht mehr wissen. Zehn Jahre sind es nun schon, daß sie keine Nachricht mehr von Betty hat. Zehn Jahre, in denen das vom Leben in die Falle gelockte Leben Korn für Korn zermahlen worden sein dürfte.

Ateba geht auf der staubigen Straße zurück nach Hause. Die Bullen sind weg mit ihren Lastwagen voller Leben, die nicht weitergehen werden. Die anderen, die bleiben konnten, halten ihre noch lebenden Körper hinter dem Vorhang der Angst. Im Augenblick ist niemand auf den Straßen. Nicht einmal Hund oder Katze. Nichts als der Staub und die untergehende, durch die Mangobäume scheinende Sonne. Und ihre Schritte, die hallend den Rhythmus ihrer Hüftbewegungen aufnehmen, um die Leere aufzufüllen und vergessen zu machen. Und in der erlesenen Leere ihrer Schritte geht Ateba heim.

Zu Hause sieht sie im Wohnzimmer Ada und Yossep einander gegenübersitzen. Sie sprechen laut. Irgendeine Bettgeschichte, die nicht am richtigen Ort stattgefunden hat. Ada scheint sehr oft zu vergessen, daß «ein Loch ein Loch ist und alle Löcher sich gleichen». Ganz die betrogene Gattin ist sie da, platzend vor Wut, die eine ganze Stadt zum Zittern bringt. Sieht nicht gut aus, diese Szene. Ateba hat wenig Lust, sich das Gezeter der beiden anzuhören. Unbemerkt schleicht sie sich in ihr Zimmer und wirft sich aufs Bett. Nur mit halbem Ohr nimmt sie das Geschrei wahr, das aus dem Wohnzimmer kommt. Was gehen sie die Schweinereien von Yossep an? Er und die anderen Mistkerle seinesgleichen, was bedeuten sie ihr heute denn schon? Sie müßte ihnen beibringen, sich als Frau zu verkleiden, in den Tag hineinzulaufen, sich von der Lebensenergie mitreißen zu lassen, ihre Orientierungspunkte aufzugeben, um das Unwirkliche kennenzulernen. Aber der Mann wird das nicht begreifen, er kann es nicht begreifen; ungeformt, wie er ist, wird er wortlos bleiben. Soll Ada ihn doch rauswerfen. Dann wird der Friedensengel kommen.

Fünf Minuten? Zehn Minuten? Sie könnte nicht sagen, wieviel Zeit vergangen ist. Distanz, Ort und Zeit sind aufgehoben. Betty, Irene . . . Alles vermischt sich. Gerüche. Stimmen. Körper. Und der verrückte Reigen ihrer Sinne, die plötzlichen Zuckungen des Körpers unter dem Druck der Finger, ihre gebrochenen Schreie, die sie dem Orgasmus entgegentragen.

Finger trommeln gegen die Tür.

«Hilf mir, Ateba. Er bringt mich um. Er macht mich tot. Ich halte es nicht mehr aus.»

Mit zitternden Beinen steht Ateba auf und öffnet die Tür. Ada steht da, die Augen stumpf in dem geschwollenen Gesicht. Sie wirft sich Ateba stöhnend in die Arme. «Stell dir bloß vor! Mir so etwas antun!»

Ateba klopft ihr freundschaftlich auf die Schulter. Ich, Ich wußte, daß sie es sich vorstellen konnte und unter dem Schmerz litt, den diese Frau ausstrahlte. Ich wußte, daß ihre Augen schwarz wurden wie die sternenlose Nacht und daß Tränen die Verfehlung wegschwemmten. Ich wußte, daß es nicht das Herz der Schwarzen in Ateba war, das sprach, sondern die Sterne da oben, die den Himmel durchlöcherten, um die verlassene Frau zu beweinen. Ich wußte . . . ja, Ich wußte – und konnte nichts sagen. Ich konnte nur meine Schmerzen hinausschreien, denn niemand klopfte an mein Grab, um mich nach meiner Meinung zu fragen. Ich ging aus dem Haus. Ich blickte zum Himmel, nur zum Himmel. Ich rief mir den dümmsten Ärger ins Bewußtsein, den albernsten Ehrgeiz und die vergänglichste Lust. Ich begriff, daß das Glück das Kind der Traurigkeit ist. Ein wenig sicherer kehrte ich zu Ateba zurück. Sie zuckt zusammen, als sie meine Gegenwart spürt. Ich möchte sie umarmen, hier und jetzt. Ich zögere.

Ich habe Angst. Seit wann haben Geister Angst? Ich weiß nicht. Ohne eine Bewegung und fast wortlos gibt Ateba zu verstehen, daß die Frau aufhören muß, die Dumme zu spielen, daß sie den Mann vergessen und sich auf drei Wahrheiten besinnen muß, auf drei Gewißheiten, drei Lösungen: das Licht wieder zurückholen, die Frau wiederfinden und den Mann der menschlichen Achtlosigkeit überlassen. War es das, was Ich wollte? Selbst die Geister haben Zweifel. Ich jedenfalls hatte meine Zweifel.

Ateba hat Ada gewaschen, massiert, ihre Wunden versorgt und schaut jetzt zu, wie Ada den Kräutertee trinkt, den sie ihr zubereitet hat. Von Zeit zu Zeit kreuzen sich ihre Blicke über der Teetasse, die mit kessen Tänzerinnen bemalt ist. Mit ihren geschwollenen Augen sieht Ada aus, als schiele sie. Sie sagt nichts, sie erklärt nichts, und wie immer errät Ateba aus ihrem Gesicht der sitzengelassenen Ehefrau, daß Yossep sich auf der Straße rumtreibt, daß er nicht wiederkommen wird. Diese Entdeckung erfüllt sie mit Freude.

Ein Glückstag! Unendliche Stunden und Tage ohne Mann: wunderschöner Tag. Ateba hat nichts zu tun, als sich in Visionen von Glück und poetischer Seligkeit zu verlieren. Heller Tag, Dämmerung ohne Mann. Rufen, Tanzen, Singen. Sie würde Ada gern noch eine Tasse Tee spendieren, um ihr zu danken. Sie würde sie gern auf den Mund küssen, und diesmal würde sie ihr Taschentuch vergessen.

Aber Ateba Léocadie rührt sich nicht. Sie bleibt wie angenagelt auf ihrem Stuhl Ada gegenüber sitzen, zwischen ihnen der niedrige Tisch. Sie schaut sie ganz einfach nur an, als überlasse sie es dem Schweigen, die richtige Geste und die richtigen Worte zu finden. Als Ada erneut in Tränen ausbricht, freut es sie so, daß sie vergißt, den Mund zuzumachen. Soll sie doch weinen, soll sie. Ateba Léocadie ist das egal. Sie ist da, sie ist eine Frau. Morgen sind die Tränen versiegt, sie wird lernen, ohne Mann auszukommen. Ada ist nicht mehr Ada, sondern die Frau und sehr schön, trotz der Beulen und blauen Flecken. Unverschämt schön in ihrem Glück, das sie Ateba Léocadie bringt. Heute abend liebt sie sie. Sie will sie gerade heute abend lieben, denn morgen . . . Was? Es wird kein Morgen der Männer geben. Es wird ihr Morgen geben, ein Morgen, das als Mythos in die Geschichte der Menschheit eingehen wird. Alles wird glatt und durchsichtig sein, und Ateba wird sich weigern zuzuhören, wenn Ada sagt: «Es fehlt ein Mann im Haus.» Sie weiß, Ada sagt das immer zwischen zwei Vätern. Aber heute möchte sie daran glauben, daß es anders sein wird. Sie wird sie zur Heldin geheimnisvoller Abenteuer machen, ihren Leib mit unsichtbaren Perlen bedecken. Betty wird zurückkommen. Sie werden alle beide zusammenleben. Sie verbessert sich: alle drei.

Auch Betty dachte, ein Haus könne nicht leben ohne das männliche Element. Sie behauptete, eine Frau könne machen, was sie wolle, wenn sie nur einen Mann habe, auf den sie sich verlassen könne, einen «Platzhalter», wie sie es nannte. Ateba erinnert sich an den letzten Typ. Eine Null namens Manga. Er war Gefreiter und blieb es, weil er seine Aufstiegschancen vertrank. Er kam zweimal in der Woche, montags und freitags. Stunden vorher schon wurde Betty fast häuslich. Sie wusch, putzte und kochte. Ateba sah zu, wie sie schuftete, ohne mit der Wimper zu zucken. Manchmal half sie ihr und spürte in ihr verheerendes Leiden gären, das sie erwartbar fand und das sie manchmal bis an die Kloschüssel trieb. Sie übergab sich, sie heulte, sie zerkratzte die Wand mit ihren Nägeln oder sie sang. Sie sang laut und inbrünstig, Melodien, die sie erfand, zu gereimten Texten ohne Zusammenhang. Ihre Betty . . . Ihre Mutter . . . Sie hatte sie lieber, wenn sie die schwarzen Ringe der Nacht unter den Augen hatte, von den anderen, die nicht länger blieben. Wenn die Nacht kam, die unerbittlich die Verflechtung der Körper mit sich brachte, dann versteckte sich Ateba im Halbdunkel, Worte aufschnappend, die sie in schmerzliche Benommenheit stürzten, aus der sie erst am nächsten Morgen wieder herausfand. An diesen Morgen machte sie Betty weder Kaffee, noch ließ sie ihr Bad ein. Sie spielte krank und überließ ihren Körper dem Leid. Sie litt an Malaria ohne Fieber, und ihre Mama glaubte daran. Betty brachte ihr heiße Getränke und kleine Gerichte, die sie mit angewiderter Miene ablehnte, und sie fuhr jedesmal zusammen, wenn Betty sich niederbeugte, um ihre Stirn abzutupfen. Sie schlief, träumte von ihrem Aufbegehren und weinte vor Selbstmitleid. Betty hatte weder dieses Leiden je bemerkt noch die Verwirrung, die sie in Verzückung versetzte und gleich darauf in Abgründe stieß.

«Ich gehe schlafen», sagt Ada. Ateba hat sie fast vergessen, während sie an eine Zeit dachte, die zehn Jahre zurücklag. So ist sie – mit dem Körper hier, in Gedanken da, in ihren Träumen dort. Aber heute möchte Ateba

Léocadie eine «gute Tochter» sein. Sie steht auf, bringt Ada in ihr Zimmer, hilft ihr, sich auszuziehen, deckt sie zu. Als sie aus dem Zimmer geht, sieht sie ihre gequälten und doch schönen Züge. Und Ateba spürt die Abtötung ihres eigenen Fleischs.

Die folgenden Tage nimmt Ateba nicht wahr. Vielleicht war Regenzeit, aber sie bemerkte es nicht, sie dachte an nichts anderes, als an die Frauen zu schreiben und den Schiffchen beim Davonschwimmen zuzusehen. Soviel hatte sie in ihrem Leben noch nicht geschrieben. Nichts interessierte sie, als die Frauen zu versammeln, ihnen zu sagen, sie sollten sich bereit halten, die Ankunft der Sterne nicht versäumen. Sie hatte schließlich sogar ihr Zimmer geputzt und ihre Kleider aufgeräumt. Für den Fall, daß . . . Sie träumte mit einer Art gelassenen Wahnsinns von dem großen Tag, und alles, was gut in ihr war, vibrierte. Ateba Léocadie glaubte manchmal, sie sei verrückt oder erleuchtet. Sie zog die zweite Möglichkeit vor. Sie sagte sich, das wahre Leben bestehe darin, die Welt mit dieser höflichen Gleichgültigkeit zu betrachten, und es gelang ihr sogar, mit Jean zu sprechen, ihm zuzulächeln. Sie war wie durchdrungen von einem furchtbaren Verständnis für die Männer und ihr erbärmliches Schicksal. Sie sagt sich, sie wäre nie so glücklich gewesen, wenn es die Männer nicht gäbe. Sie hatten sie geschaffen, indem sie das Nichts hervorbrachten.

An diesem Abend sitzt sie im Wohnzimmer, als Jean schlurfend hereinkommt. Er fläzt sich ihr gegenüber hin, streckt die Beine aus, lehnt den Kopf zurück und schließt die Augen. Noch nie war ihr seine Überlegenheit so klar bewußt geworden.

«Ich möchte mit dir reden», sagt Jean zu ihr mit gedämpfter Stimme.

«Ich höre.»

«Ich will, daß du aufhörst, die Liebe zu töten.»

«Ich töte sie nicht, ich setze sie in die Welt.»

«Du bist zu blöd. Die Liebe in die Welt setzen? Daß ich nicht lache. Du weißt nicht mal, wie das praktisch geht.»

«Doch. Ich weiß, was ich weiß. Die Frau muß sich schützen. Sie muß zeigen, wie es geht.»

«Du bist komplett verrückt.»

«Bei Verstand sein ist was, deiner Meinung nach? Wie die Katholiken handeln vielleicht? Du verprügelst mich, und ich knie zu deinen Füßen? Ich sollte mich sicher dafür entschuldigen, daß ich eine Frau bin, zu allem ja sagen, was du mir befiehlst, und dir dafür danken, daß du mich verprügelst. Willst du, daß ich es ausspreche? Du stellst für mich, die Frau, alles dar, was ich am Mann verabscheue, diese Mischung aus Arroganz und absurder Eitelkeit, aus Ernsthaftigkeit und chaotischer Nutzlosigkeit, alles, wovon mir übel wird.»

«Zu allen Zeiten hat sich die Frau dem Manne unterworfen. Das ist kein Zufall, wenn Gott sie aus einer Rippe des Mannes geschaffen hat.»

«Aus einer gebrochenen Rippe hat sich die Frau ein Reich geschaffen.»

«Hör auf mit deinem Unsinn. Ich wollte wissen, ob du mich heiraten willst.»

«Nein.»

«Warum nicht?»

«Weil ich schon verheiratet bin. Mit den Sternen.»

«Hast du dich heute schon gewaschen?»

Er wartet ihre Antwort nicht ab. Mit sich zufrieden, steht er auf, ballt die Hände in den Taschen, strafft die Schultern und singt im Hinausgehen: «Die MLF, die MLF hat unsere Frauen verdorben.»

Sie hat begriffen, daß ihre Kreuzfahrt in ruhigen Gewässern dem Ende nahe ist.

Irene hat sich mit ihr bei *Mama Modo* verabredet. Das ist eine Kneipe gegenüber vom Friedhof, wo Papier auf dem Fußboden herumliegt und die Wände mit nackten Frauen bedeckt sind.

Zwischen zwei Begräbnissen kommen hier die Familien her, lassen sich vollaufen und flennen. Eines Tages hat der Totengräber, mit der ganzen zahnlosen Pracht seines Mundes lächelnd, gesagt: «Es ist fast alles belegt, für Sie gibt's hier keinen Platz mehr, Töchterchen. Wenigstens nicht, wenn man die anderen nicht ausgräbt.»

Sie hat auf die vielen kleinen Kreuze geblickt, die Gitter und Mäuerchen, die die Gräber begrenzen. Sie hat an die Dunkelheit darunter gedacht und zu dem Totengräber gesagt: «Ich ziehe das Meer vor.»

Sie nimmt einen Tisch in Fensternähe, von wo sie die Pracht des Friedhofs im Blick hat. Irene ist noch immer nicht da. Sie bestellt ein Fanta und beobachtet das Kommen und Gehen. Immer wieder kommen Männer herein, bestellen Flaschen Wein, die unter dem Wellblechdach heiß geworden sind. Sie trinken in großen Zügen. Einer von ihnen kommt auf sie zu. Er wittert Weib. Ihr fällt auf, daß er nach Safran riecht.

«Du bist eingeladen, Baby.»

«Nein.»

Er hört nicht. Selbstherrlich setzt er sich ihr gegenüber und streckt die Beine aus. Sie schaut ihn an. Sein Mund ist sehr schmal, wie der eines Weißen, die Nase flach, mit zu großen Nasenlöchern, die Haut zu gelb, die Haare wellig, sehr dunkel. Ist er häßlich? Sehr häßlich. Und wenn er sie ansieht, funkelt Gewalttätigkeit in seinen schrägen Augen. Er redet; er sagt, sie sei sinnlich und bestimmt gut in der Liebe. Er sagt, er vergehe vor Lust, mit ihr durch den Saal zu tanzen. Er sagt, sie dürfe nicht nein sagen, denn sein Cousin wäre der Cousin des Cousins des Außenministers. Sie hört ihm nicht zu. Sie denkt, ihr Leben bestehe aus einer Leine des Wartens, an der die Frauen ihre Abwesenheit aufgehängt haben. Ihr ganzes Leben lang hat sie gewartet, auf Betty, auf Irene. Und alle stecken sie in ihr wie der Kern in einer Frucht. Ihr ganzes Leben hat sie auf sie gewartet und über sie gewacht.

Sie ist acht Jahre alt. Sie kommt von der Schule zurück. Von der Brücke aus hört sie schon obszöne Flüche und das Weinen ihrer Mutter. Sie weint oft, ihre Mama, wegen ihres «Platzhalters», der sie alle zwei Wochen verprügelt. Ateba liebt das Weinen ihrer Mutter, dieses Aufheulen, das weh tut und herausfordert. Sie mischt sich unter die Menge, sie betrachtet die Frau, die sich auf dem Boden krümmt, sie hört ihre Schreie und verspürt eine wachsende Lust zu weinen, koste es, was es wolle. Sie weint, sie ist Betty, sie badet in unendlicher Verzweiflung, einer Traurigkeit, die Balsam für die Seele ist. Sie fängt den Blick von Betty auf und schleudert ihre Schulmappe dem «Platzhalter» an den Kopf. Es ist ihre Aufgabe, auf ihre Mutter aufzupassen, immer auf ihre Mutter aufzupassen. Der «Platzhalter» kommt in Fahrt, als wäre er ein wilder Eber. Er prügelt wie rasend. Ateba rührt sich nicht, sie weint nicht mehr. Er schlägt noch härter zu. Sie blutet aus der Nase und aus dem Mund. Er schlägt jetzt überallhin, auf den Kopf, in die Seiten, den Bauch, sie fällt hin. Es tut ihr nicht weh, sie weint nicht, sie hat gerade die Rollen vertauscht.

Sie liegt im Bett ihrer Mutter, den Kopf zwischen den Knien. Betty streicht ihr übers Haar, sie klagt sich an, sagt, es sei ihre Schuld, sie habe versagt, Gott sehe, daß sie versagt habe, denn ihr Versagen strahle zurück auf ihre Tochter. Sie sagt, daß sie morgen zur Beichte gehen will. Ateba hört nicht auf die Worte, nur auf den Ton, sie weiß bereits, es ist der Mann, zu dem Betty beten wird.

Betty, einzigartig in ihrer Lässigkeit, mit ihren zu großen Gesten, die nichts bewirken. Sie streichelt Ateba die Schläfen, vergißt aber, sie zu küssen. Sie sagt unaufhörlich, daß ihr Töchterchen Schmerzen hat, daß sie sie massieren wird. Das sagt sie schleppend, sie wiederholt sich, und es dauert lange, bis sie endlich handelt. Sie geht in die Küche, um heißes Wasser zu holen. Sie kommt ohne Wasser zurück, aber mit einem Badetuch.

«Ach, ich hab das Wasser vergessen!»

Sie geht noch mal los. Diesmal kommt sie ohne Handtuch zurück. Sie hört nicht auf, zwischen Wasser und

Handtuch zu pendeln, zu kommen und zu gehen, sich den Kopf ihrer Tochter auf den Schoß zu legen und unverrichteter Dinge fortzugehen.

Und was gibt es bei ihr nicht an unverrichteten Dingen. Die Ausbildung, den Erwerb von Kenntnissen, die Zärtlichkeit, die Mahlzeiten und Gott weiß was noch. Daß sie Kinder zustande kriegt, ist die auffällige Ausnahme von der Regel. Tatsache ist allerdings, daß sie für den Tod gebar. Ateba sagte schließlich: «Du bist müde, Ma, ich kümmere mich um dich.»

Als Irene ins *Mama Mado* kommt, hat sie gerade zwei Stunden Verspätung, und der Mann mit den welligen Haaren ist schon lange weg. Sie entschuldigt sich leichthin mit einem Kunden, der in letzter Minute gekommen ist, küßt sie mechanisch auf die Wange und setzt sich ihr gegenüber. Das ist das erste Mal, daß Ateba sie aufgewühlt und zerstreut erlebt. Sie sagt sich, daß Irene die Gesten einer Frau besitzt, die eben einen Mann ausgenutzt hat, schlecht ausgenutzt hat. Entzückt von ihrem Scharfblick, hebt sie die Hand und bestellt ein Coca-Cola.

Irene wühlt in ihrer Handtasche. Sie findet eine Zigarette, öffnet eine Schachtel Streichhölzer und reißt das Streichholz an der violetten Seite der Schachtel entlang. Sie hält die Flamme nah an ihr Gesicht. Ihre Hände beben, ihre Mundwinkel auch. Als die Zigarette angezündet ist, pustet sie die kleine Flamme energisch aus und wirft das Streichholz weg. Sie zieht lange an der Zigarette, atmet den Rauch durch die Nasenlöcher aus und wirft den Kopf zurück.

«Ich bin schwanger.»

Ateba hat es gehört oder auch nicht. Sie blickt auf die

schmutzige Mauer des Friedhofs gegenüber. Sie denkt wehmütig an den Tag, da der Tod sterben wird, da der Mann, die Faust zum Himmel erhoben, den Niedergang der Ordnung verfluchen wird, während hinter seinem Rücken zahllose Sterne aufgehen. An diesem Tag wird die Umarmung an Stelle der Barrieren treten, welche die Menschen trennen.

«Du hörst mir nicht zu. Ich rede mit dir, und du hörst mir nicht zu.»

«Doch, ich höre dir zu. Der Mann hat dir etwas in den Körper gesetzt. Das ist nicht tragisch.»

«Du hast keine Ahnung. Ein Kind ohne Vater!»

«Ein Kind braucht nicht unbedingt einen Vater.»

«Du bist vollkommen verrückt. Wie soll ich denn klarkommen?»

«Du kommst schon aus der Patsche.»

«Wie denn? Wenn ich nicht ...»

«Wenn du nicht was?»

«Wenn ich es nicht jemandem unterschiebe.»

«Das kannst du nicht machen.» Sie hätte sagen sollen: «Du hast nicht das Recht, eine Freiheit zu nehmen.»

Statt dessen schaut sie Irene an. Sie hat das Gefühl, daß deren Klarheit dahinschwinden wird, daß sie durch die gefahrvolle Nacht des Viertels gehen, Fragen stellen und Antworten erfinden wird, die nicht mehr in den Sternen geschrieben stehen. Niedergeschlagen streckt sie die Beine aus und verschließt die Augen vor dem wirren Schwarm von Viertelbewohnern, die nach und nach das Lokal füllen, und sagt mit kaum wahrnehmbarer Stimme: «Ich habe mich gefragt, ob du einen Weißen oder einen Schwarzen dafür aussuchen würdest.»

Während sie diesen Satz ausspricht, wird Irene ganz

grau. Ich, die dritte Teilnehmerin an dem Gespräch, deren Anwesenheit sie nicht wahrnehmen, auch nicht spüren konnten, Ich, die alle mit Füßen treten und auf die niemand hört, Ich sagte mir, es sei vergebens, ein Sandkorn aufzuheben in dieser Wüste von Verzweiflung. Ich sah Tränen das Gesicht der einen überfluten und sah die andere ihr Glück in das sternbesetzte Buch des Himmels schreiben.

Inzwischen ist der Lärm stärker geworden. Es ist die Zeit, da die Kneipe sich plötzlich verändert. Stühle werden umgestellt, eine Tanzfläche entsteht. Eine stark geschminkte Frau wiegt sich zu einem Song, der aus dem Kassettenrecorder dröhnt. Ein Mann kommt mit wogendem Hintern auf sie zu. Ihre Beine verflechten sich, sie reiben sich aneinander, seine Hände verirren sich in ihrem enganliegenden Tuch. Um sie herum bildet sich ein Kreis. Männer klatschen in die Hände und machen obszöne Bemerkungen. Am Eingang verfolgen mit glasigem Blick und wachsendem Interesse Halbwüchsige die Szene ihrer eigenen Zukunft. In der Ferne breitet sich langsam die schillernde Nacht aus.

Irene nimmt ein Taschentuch aus ihrer Handtasche, fährt sich über die Augen, schneuzt sich vernehmlich und sagt kraftlos, daß sie nicht weiß, was sie tun soll, daß sie es nicht ertragen kann, ein Kind ohne Vater zu haben, daß sie lieber sterben möchte. Ateba schaut sie von der Seite an und schlägt ihr ausweichend vor abzutreiben. Was zählt schon das Leben eines Kindes in diesem Land, das sich selbst immer noch im embryonalen Zustand befindet? Die Kinder werden immer unterernährt sein und nie die Möglichkeit haben, stark zu werden. Die Erwachsenen werden ständig in den Abgrund blicken. Die Alten werden mit dem Niedergang der Sonne verbrennen. Was die Frauen betrifft, so weiß Ateba, daß eines Tages das Land ihnen gehören wird.

Ateba hat Irene nach Hause gebracht. Dann ist sie noch stundenlang im Viertel herumgeirrt, auf der Suche nach einer Lösung. Ihr fielen schließlich drei Mittel auf pflanzlicher Basis ein, die Betty sich verordnete, um die Regel in Gang zu bringen. Aber das war nicht, was sie suchte. Ateba wollte etwas viel Radikaleres, um das Werk des Mannes aus ihrer Freundin herauszureißen; außerdem wollte sie nie mehr auf traditionelle Mittel zurückgreifen. In einer Kneipe bestellt sie, um sich Zeit zum Nachdenken zu nehmen, einen Kaffee, den sie kaum anrührt, dann noch ein Cola; ein Mann kommt auf sie zu, lädt sie ein zum Spiel, sie zeigt ihre Krallen, der Wirt wirft sie hinaus. Sie ist weitergegangen, durch die Gäßchen im Herzen der Stadt, sie hat eine Straßenlaterne gefunden, die vor einer alten Hütte steht, sie hat sich unter die Straßenlaterne gesetzt, hat die Leute vorbeigehen, gestikulieren, lachen sehen; sie hat gedacht, sie machen für Lebende zuviel Lärm; sie hat mit dem Sand gespielt, den sie durch die Finger rinnen ließ; die Vorstellung, Irene könnte sich ihr entziehen, widerte sie an.

Sie steht auf, klopft sich den Sand vom Tuch und geht weiter, wie eingeschlossen in Irenes Bauch, in dem der Mann heranwächst; sie schlägt einen sehr dunklen, nur vereinzelt von Fenstern erhellten Seitenweg ein. Sie hört

Stimmengewirr und Geschirrgeklapper. Sie spürt ein tiefes Bedauern in sich aufsteigen, wenn sie an all diese Menschen denkt, die essen in der Gewißheit, daß morgen ein neuer Tag sein wird und übermorgen auch, ob sie nun wenig essen oder gar nicht; auch wenn sie vor den Schaufenstern der Läden spazierengehen, in denen nur wenige Privilegierte einkaufen, beim Anblick von Rindsfilet nur ihren eigenen Speichel schlucken, weil sich vor ihnen Tage des Hungers ausbreiten.

Es ist fast zehn Uhr, als sie bei der Brücke ankommt. In der Ferne grollt Gewitter, die Äste der Mangobäume biegen sich, der Wind fegt durch den Sand. Ateba hat keine Lust, ins Haus zu gehen. Sie setzt sich auf die Brücke und denkt an ihre Mutter, die sie, so scheint es ihr, seit einer Ewigkeit nicht mehr gesehen hat. Alles schläft, als sie das Haus betritt.

Sie geht auf Adas Zimmer zu, horcht mit einem Ohr an der Tür, lauscht ihrem Atem, den kein Mann stört, ihrem leichten Atem einer ruhenden Frau, die allein ist, ganz allein, mit ihrem Geruch einer geschlossenen Auster. Sie nimmt es sich übel, daß sie nicht da war, um sie zuzudecken. Sie hat das Bedürfnis, es wiedergutzumachen. Sie kratzt an Adas Tür.

Keine Antwort. Sie klopft. Nichts, immer noch nichts. Enttäuscht geht sie in die Küche. Sie trinkt zwei Glas Wasser, geht in ihr Zimmer, öffnet das Fenster ganz weit und sieht zu, wie der Regen vom Dach perlt. Sie ist nicht müde, sie verspürt zuviel Lust in ihrem Körper.

Ateba zieht sich hastig aus und stellt sich in den Regen, gibt sich ihm hin, nimmt ihn auf, öffnet die Schenkel und gibt ihren Schoß preis. Als aus dem reinen Empfinden Genuß wird, stöhnt Ateba Léocadie, flach gegen die Erde gepreßt. Sie hat den Eindruck, daß jeder Tropfen Regenwasser sie reinigt und aus dem Viertel herausträgt, aus der Schwärze der Gosse. Sie hat den Eindruck, die Reinheit wiederzufinden, jene Reinheit, welche die Moral vorgibt, kämpferisch zu bewahren, wo sie doch Theorien darüber sprüht und sie mit Widersprüchen besudelt.

Als die ersten Hähne krähen, liegt sie im Schlamm, mit brennenden Augen. Sie steht mühsam auf, watet durch den zähen Schlamm, den die Erde ausgespuckt hat, und es geht ihr durch den Kopf, daß der Auswurf der Erde genauso abstoßend ist wie der der Männer, der Männer, die das Unendliche begrenzen, begatten, vermehren . . . Diese Männer, die, den Blick gen Himmel gewandt, hoffen und warten, sich auf ihren todgeweihten Gliedmaßen dahinschleppen und nicht aufhören können zu warten. Vielleicht warten sie auf das Erscheinen Christi, auf die Erlösung, die Auferstehung? Sie weiß es nicht mehr. Jenseits des Nebels vor ihren Augen sieht sie eine graue Welt, in Tränen getaucht. Ruinen, Ruinen. Eine Welt der Ruinen. Glauben sie, sich eines Tages ihrem Elend entziehen zu können? Im Augenblick scheint niemand die Zügel in die Hand nehmen zu wollen.

Solange so jemand fehlt, obliegt es Ateba, die Zügel in die Hand zu nehmen und den Boten des Glücks durch das große Tor zu geleiten, den riesigen Hof zu überqueren, wo Frauen dichtgedrängt, schweigend, sich dem Rauschen der Freude öffnen werden. Ateba stapft weiter, bis sie bemerkt, daß sie, ohne es zu wollen, zurückgekehrt ist. Sie geht ins Haus und hütet sich, an Möbel zu stoßen, um ja keinen Lärm zu machen. Sie bemerkt ein schwaches Licht unter Adas Tür. Ada schläft nicht. Ateba wird nicht schlafen.

Sonntag. Die Sonne glüht. Jubel liegt seit Tagesbeginn in der Luft, Tanzmusik; ein einziger Marktplatz. Getrampel, Hochrufe der zur Hälfte betrunkenen Gäste. Ein großes Fest, das Totenfest für Ekassi. Sieben Tage sind seit ihrem Tod vergangen.

Nach unendlichen Diskussionen, bei denen jeder sich angestrengt hat, seinem Gedächtnis die traditionellen Rhythmen zu entlocken, man sich aber nicht einigen konnte, wie der Tanz auszuführen sei, wurde das Ritual für Ekassi zu einem Fest zwischen Nacht und Tag, bei dem Disco- und Tamtam-Rhythmen sich überlagern. Im Takt stampfen die Füße die staubige Erde, kreisen Hüften langsam und sinnlich, bewegen sich die Tänzer schlängelnd, tanzen fast im Stehen. Es riecht nach Schweiß, Kölnisch Wasser, Pomade, Urin, Sex. In Fetzen gehüllte Kinder kriechen zwischen den Beinen der Tanzenden hindurch, stibitzen Gebäck, das sie sich hastig in den Mund stopfen. Alte zahnlose Männer im Schneidersitz betrinken sich auf der Veranda mit Kokosschnaps. Junge Leute, die sich nach dem Niveau ihrer Witze gruppiert haben, lachen, klatschen und kommentieren die Hintern.

Frauen, in ihre festlichsten Tücher gewickelt, wackeln mit dem Hintern und werfen sich komische, verächtliche Blicke zu, lassen ihr Elend hinter sich und verschleudern töricht einen nie erworbenen Wohlstand.

«Tanzt du?»

Ateba lehnt mit verschränkten Armen und gekreuzten Beinen an einem Baum. Sie antwortet nicht. Distanziert und gelangweilt betrachtet sie weiter die lärmende Menge. Aber Ich, die keiner sehen konnte, Ich wußte es, Ich wußte, daß diese Haltung sie in einen geheimnisvollen Schleier hüllte, ihr eine Überlegenheit verlieh, die zu lüften die meisten Bewohner sich hüteten; lieber stellten sie ihr mit übler Rede nach, um ein vitales Klatschbedürfnis zu befriedigen. Und Ich, Ich war einem breiten Grinsen nahe, als ich diesen hohlköpfigen Berauschten sah, den der Zufall eines gleichen Geschicks zwischen sie und die übrigen gestellt hatte. Ich beobachtete, ausnahmsweise einmal unparteiisch über den Dingen stehend, und wartete ab. Milde machte ich mich lustig über all diese Leute, die eines Tages mit offenen Mündern verrecken werden, ohne sich je wirklich gekannt zu haben.

«Tanzt du?»

Diesmal schaut Ateba auf. Sie kann nicht anders: Der Mann hat ihr seine schwielige Hand auf den Arm gelegt. Sein Gesicht wirkt ordinär. Das krustige Haar und die kahle Stirn lassen seinen Schädel spitz erscheinen. Sein vom Alkohol bereits farbloser Mund ist fleischig, sein Kinn weich. Ateba wendet den Kopf ab, in der Illusion, sie würde dann seine Hand nicht mehr spüren. Die Hand drückt besitzergreifend und lästig zu, ohne Gefühl für die Reaktionen ihres Körpers und ihren Widerwillen. Immer noch ist sie Gefangene derselben Frage:

«Tanzt du?»

«Nein.»

«Warum? Gefalle ich dir nicht?»

«Das ist es nicht», sagt sie und strengt sich an, nicht zu zeigen, wie angewidert sie ist. «Das ist mein Gefühl für Rhythmus. Ich weigere mich, mich so zu bewegen wie Mike Jackson.»

Er bricht in lautes Lachen aus. Es ist ein gekränktes, unverschämtes, mißtrauisches Lachen. Sie rettet sich, indem sie auch lacht. Sie lachen zusammen. Sie lachen nicht über dasselbe.

«Entschuldige», sagt er rülpsend und wischt sich die Augen. «Die Intellektuellen amüsieren mich immer mit ihrer Tour, die sie draufhaben, alles von oben herab zu betrachten. Wir brauchen das Konkrete, meine Liebe.»

Sie hört auf zu lachen. Sie preßt die Lippen zusammen. Wozu antworten? Der Mann ist nur Staub. Sein Gedächtnis ist nur Staub. Sein Herz ist voller Staub. Er würde nicht begreifen, was sie sagt. Allerdings könnte das Feuer, das in ihr brennt, ihn verzehren und seine fehlenden Haare durcheinanderbringen. Sie schweigt. Sie schweigt weiter. Sie setzt ihre «Du-hast-recht-aber-ich-denke-wenigstens-nicht-daran»-Miene auf. Sie hört, wie er redet, redet, seinen Senf erzählt, Wahnsinn in den Augen, bebende Nasenflügel; er hat sich nicht mehr unter Kontrolle. Wenn sie nicht aufpaßt, wird sie, besoffen von Worten, zusammenbrechen. Evolution. Kulturelle Mischungen. Technik. Tradition. Unbewußt registriert sie seine Mängel: das flackernde Auge, das Bilder sucht, ohne sich festlegen zu wollen. Finger, die Wangen abtasten. Speichel im Mundwinkel. Plötzlich halten es ihre Ohren nicht mehr aus, sie wollen weg. Er öffnet ihnen die Türen.

«Genug geredet. Komm tanzen.»

Hüften schwingen, Brust heraus, Ateba müht sich redlich ab. Sie windet sich, dreht sich mit verdrehten Augen. Sie will diese tiefe Traurigkeit beherrschen, sie auswringen, austrocknen; sie tanzt schneller und schneller, als sie merkt, daß ihr Gedächtnis gegen ihren Willen noch funktioniert. Betty. Ekassi. Ihnen hätte dieser zügellose, wilde Rhythmus, dieses exzessive Wirbeln gefallen. Ihr ganzes Leben lang haben sie für die Männer getanzt, für Tausende von Männern, die ihnen den Körper zerstört haben. Sie gingen in Kneipen, als die Frau im Minirock, mit bloßen Schenkeln, üppigem Mund und wissenden Augen. Unter roten Scheinwerfern schwangen sie die Hüften und erklärten sich manchmal dazu bereit, auf Tische zu steigen, die ihre Beine verlängerten und einen besonders tiefen Blick zuließen. Niemals haben diese Frauen für sich selbst den Tango getanzt, die Idee ist ihnen nie gekommen. Ich sah Ateba tanzen. Ich rief Ekassi und Betty herbei. Ich sagte ihnen, sie sollten sich dieses Vergnügen ohne Scham nehmen, sich an den rollenden Hüften weiden, die das Verlangen des Mannes locken. Ich rief die Sterne an, Ich sagte ihnen, sie sollten der Gespräche vergangener Frauen gedenken ... Betty! Ateba erinnert sich an deine Reden über die Männer, ihre Fähigkeit zu beschützen, ihre offenkundige Überlegenheit, ihre führende Rolle bei der Lust. Sie hat den Mann gesucht und hat Ruinen von Statuen und historischen Denkmälern gefunden. Und dann, Betty, gibt es diese Faulheit zu bauen, diesen Mut zu zerstören, zu plündern, zu zertreten. Sie sagt das nicht, um dir zu widersprechen, Betty. Sie möchte sich opfern, damit die Frau sich nicht mehr an den Herd gefesselt sieht, wo sie dümmlich Essen kocht für einen Dummkopf mit einem dummen Ding zwischen den Beinen. Als Belohnung dafür die Kinder, Betty, die Ohnmacht und am Morgen Schatten unter den Augen.

«Machen wir ein bißchen Pause», flüstert ihr Kavalier ihr zu, «ich kann nicht mehr.»

Als sie aufhört zu tanzen, fühlt sie sich krank. Ihr ist schwindlig, sie glaubt sich in einem Wirbelsturm zu dem Gipfel hinaufgezogen, der von Männern bewacht wird. Sie folgt ihm, Übelkeit im Leib. Sie lehnt sich an einen Mangobaum. Ihr Kavalier hat sich vor ihr aufgepflanzt, sein glasiger Blick taucht in die Menge derer, die sich seit mehreren Stunden verausgaben.

«Siehst du die Frau da», sagt er und zeigt ihr eine kleine, fette, ausladende Frau, die sich im Rhythmus der Trommel dreht. «Sie hat schon drei Ehemänner unter die Erde gebracht. Eine wahre Hexe. Je mehr sie sie aussaugt, desto fetter wird sie. Sie ist auf der Suche nach dem vierten. Meiner Meinung nach wird es ihr schlecht ergehen. Ihren Ruf hat sie weg.»

Wenigstens kann Ateba sagen, daß ihre Betty keine Hexe war. Eine Nutte? Vielleicht. Aber kein Vampir. Sie hat sich niemals vom Mann genährt. Sie haben sie aufgefressen, sie hat ihren Zärtlichkeiten, ihren Küssen nachgegeben; damit sie wuchsen, hat sie ihnen Obszönitäten eingeflüstert und inbrünstig gestöhnt, und Ateba hat nie heraushören können, ob vor Lust oder vor Schmerz; und ihre Hände, ihre Expertinnenhände, sensibel und wissend, umschlossen den Mann, wenn sie ahnte, daß dies sein letzter Stoß war, daß er sie überfluten würde. Und alle gingen sie davon, aufgemuntert wie nie zuvor. Der Lärm ihrer Schritte auf den Fliesen. Betty – man braucht nur die Augen zu schließen, um sie wiederzusehen.

Ateba ist neun Jahre alt. Sie spielt Kissoro mit Moride. Hitze. Schwüle. Nichts geht mehr. Sie verliert. Sie sagt, Moride würde mogeln. Moride protestiert. Die Spannung wächst. Ateba haut ihr eine runter. Sie schlagen sich. Erwachsene greifen ein. Sie werden getrennt. Sie rufen einander Schimpfwörter zu. Eines bleibt Ateba in Erinnerung: «Bastard.»

Sie läuft jetzt durch üppiges Gras. Die Landschaft ist voller Goldtöne. Es ist kühl. Es ist das Ende eines Tages in der Regenzeit. Sie setzt sich in das grüne Gras. Sie reißt Blumen aus, zerrupft sie mit den Zähnen und denkt an das Wort Bastard. Jetzt steht sie auf, richtet ihr Tuch und geht durch den Hintereingang ins Haus, was sie immer tut, wenn sie eine Dummheit gemacht hat. Sie will, nein, sie muß das Geheimnis des Wortes lüften. Es ist ihr schon mehrmals begegnet, aber sie hat es offenbar nicht verstanden. Sie geht zu Bettys Zimmer. Sie klopft an und tritt ein, ohne eine Antwort abzuwarten. Betty erschrickt, als sie ihre Schrammen sieht, und will sie in die Arme nehmen; Ateba entzieht sich und fragt mit Haß in der Stimme:

«Wer ist mein Vater?» Ateba sieht ihre Mutter die Augen verdrehen, wie von einer grauenvollen Erinnerung verfolgt. Sie sieht, wie ihr rundlicher Körper sich windet und allmählich wieder seinen Platz zwischen zwei Kissen findet; sie sieht auch ihre bebenden Lippen.

«Warum fragst du mich das?»

«Ich möchte wissen, wer mein Vater ist. Ich hab's satt, daß man mich Bastard schimpft.»

«Bastard oder nicht. Vor Gott sind alle Kinder gleich.»

«Ich weiß», brüllt Ateba.

Betty schaut sie verblüfft an. Es ist das erste Mal, daß ihre Tochter ihr gegenüber laut wird.

«Setz dich.»

«Nein!»

«Ich verlange, daß du dich setzt.»

Ateba gehorcht, das ist ein Befehl. Sie setzt sich weit weg von ihr ans Fußende des Bettes, obwohl sie sich eigentlich neben ihrer Mutter ausstrecken möchte, genau dort, wo sich die Konturen eines abwesenden Schläfers abzeichnen. Sie hat genug davon, die Augen zuzumachen und sich die Ohren zuzustopfen, genug davon, in den

Abgründen der Lüge herumzuschippern, genug von diesem eingebildeten Gleichgewicht. Mehr als genug! Brechen, zerstören, aufbauen, was soll's! Sie will diese vergessene Wahrheit kennen, die ihre Mutter im Kopf begraben hat. Dann hört sie in einem Schweigen, das so tief ist wie die Nacht, Bettys Erzählung an. Ihre Liebe zu einem jungen Polizisten, das Glück, das Kind, das Verlassenwerden, die Scham, der Haß. Sie hört zu, ohne die Lider zu bewegen. Sie steht taumelnd auf, geht in ihr Zimmer, verkriecht sich in ihrem Bett, sagt «Papa», wie sie es schon tausendmal gesagt hat, mit rauher Stimme. Sie hat es zu jedem von Bettys Liebhabern gesagt, zu Jean, Toumbi, Simon, Thomas, John, Peter, Circonci und all den anderen, zu den Tätowierten und den Waschlappen. Sie hat es tausendfach ausgespuckt, mit der gleichen höflichen Gleichgültigkeit. In dieser Nacht schreit sie es: «Papa!» Und die Düsternis hört sie. Und Betty hört sie. Sie läuft zu ihr, wiegt sie, sagt ihr, alles werde gut. Ateba hört sie nicht, sie schreit weiter, schlägt um sich, und Betty weint mit ihr. Sie wiederholt unaufhörlich: «Mein Schatz, ich hab dich lieb.» Es nützt nichts. Ateba weint weiter. Da gibt sie ihr eine Ohrfeige. Ateba öffnet die Augen und schaut sie starr an. Betty küßt sie auf die Wange, sagt: «Entschuldige, mein Schatz», und drückt sie an sich. Ateba schmiegt sich an ihren Bauch; sie hört ihr Herz schlagen. Sie sagt: «Mama, ich hätte so gern ein Foto von ihm.» Sie hätte sagen sollen: «Ich hätte gern ein Foto von dir.»

Und der Wind trug ihre Worte davon.

«Ich finde Sie unwiderstehlich.»

Sie meint zu träumen. Dieser ohrenbetäubende Lärm, diese Schwingungen, diese aufgekratzte Menge – diese unwissende Masse, die sich ihr Vergnügen kauft, indem sie sich den Bauch füllt. Sie erinnert sich: Dies ist die Feier zu Ehren des Todes von Ekassi, im Hofe ihrer Eltern. Und ihr Kavalier steht immer noch da, auf seinen X-Beinen. Er macht ihr Komplimente, während er sie mit seinen Eulenaugen angeilt! Sie findet ihn vulgär, unsäglich vulgär. Unmöglich, ihn zum Teufel zu jagen, ohne einen Skandal heraufzubeschwören. Blicke werden sich auf sie heften. Münder werden plappern. Sie wird verurteilt werden ohne Prozeß. Streng dich an, errichte einen vernünftigen Abstand zwischen deinem Innern und den anderen. Fasse in Worte, was sie nicht begreifen, was nicht in ihren Rahmen paßt. Abwehren. Zensieren. Die Notwendigkeit erfordert es.

Ateba zeigt ihm ein bewegtes Gesicht, das Gesicht einer erwachenden Frau, nicht mehr gezeichnet von Spuren des Hasses; weich von der Liebe und dem jungen Tag. Und das zieht. Die Temperatur steigt. Er streckt eine Hand aus, er streichelt ihre Wange, er lächelt, er redet, sie unterdrückt ein Gähnen, er redet weiter, er benutzt die gleichen Wörter wie die anderen, Gemeinplätze, Dominowörter, wie sie Frauen seiner Meinung nach gern hören. Sie denkt an andere Wörter, sie erinnert sich undeutlich an ein Theaterstück: «Schöne Marquise, Ihre zauberhaften Augen lassen mich vor Liebe vergehen, vor Liebe vergehen machen mich, schöne Marquise, Ihre Augen.» Molière? Sie weiß es nicht mehr, will nichts mehr wissen, will nur noch darüber lachen; jeder im Viertel spielt scine Rolle und jeder perfekt: Ada, Irene, Yossep, ihr Kavalier. Jeder Stein ist an seinem Platz. Außer ihr. Ateba Léocadie muß ihre Pflicht tun, sie muß immer ihrer Pflicht treu bleiben. Aber was war noch mal ihre Rolle? Sie hatte sie fast vergessen, während sie an die Rollen der anderen dachte. Ach ja, Ateba Léocadie erinnert sich, sie ist die Frau, die Geliebte, die Frau des Mannes. Sie hat ihre Rolle gefunden, sie fühlt sich schon fast besser, sie wird plötzlich zu zwei Atebas. Die Frau und die Schauspielerin. Die Gewöhnliche und die Außergewöhnliche.

Jetzt hört sie zu und akzeptiert die Worte des Mannes. Sie setzt jedem seiner Sätze ein Ja auf, ein theatralisches Ja, ein dunkles Ja, und es macht ihr Spaß, das Ja so zu betonen, daß das a nachhallt. Sie findet, das läßt die Szene viel überzeugender wirken.

Und er schluckt es, der Trottel. Er ist im siebten Himmel. Ihm gehen die Augen über. Er kommt auf Touren. Sie treibt das Spiel noch weiter, indem sie ein weiteres Ja fallenläßt, als er ihr vorschlägt, noch etwas bei ihm zu trinken.

Ateba traut ihren Augen nicht, als er die Tür zu einem hellen und luxuriös eingerichteten Wohnzimmer öffnet. Sitzkissen sind auf dem Boden verstreut. Vor einem Sessel aus kastanienbraunem Kunstleder ein niedriger Tisch, in dessen Mitte winzige Muscheln eingelegt sind.

«Ich liebe Anmut und Schönheit», erklärt er und weist auf eine Darstellung von Eva unter einem Apfelbaum. Er zeigt ihr auch riesige Plakate und Schallplatten, die gesamte Spitze der Hitparaden. Er erklärt ihr, alles komme aus Europa; er gebe seine Bestellung auf, und zwei Wochen später sei es da. Es genüge, zur Post am anderen Ende der Stadt zu gehen. «Das Jahrhundert der Schnelligkeit, meine Liebe, das Jahrhundert der Schnelligkeit.»

Sie hört ihm zu, nickt zu all dem Schwachsinn, den er ihr zollt, aber ihre Augen suchen die Masken, die Fetische, die Totems, die sie sich für einen Augenblick im Flirt mit dem Kassettenrecorder und der Hi-Fi-Anlage vorgestellt hat.

Außer einem Rattanregal mit Stapeln von Zeitschriften gibt es nichts, was an Afrika erinnern könnte, nichts von der Verflechtung der Kulturen, die er ihr so gerühmt hat. Sie möchte eine Bemerkung darüber machen, unterläßt es aber im letzten Moment.

«Großartig.»

«Nicht wahr, meine Liebe? Aber du hast noch nicht alles gesehen. Komm mit.»

Er geht ihr durch einen dunklen Gang voraus, öffnet eine Tür.

«Nach dir, meine Liebe», sagt er und tritt zur Seite.

Das Zimmer ist quadratisch, die niedrige Decke rot tapeziert. Dutzende von Spiegeln unterteilen die Wände und reflektieren das hohe, damastbezogene Bett. Den Fußboden ziert ein roter Teppichbelag mit orientalischen Motiven.

«Ist das nicht phantastisch, meine Liebe? Das Bild der Schönheit bis ins Unendliche gespiegelt. Dieses Zimmer ist mir das liebste. Hier verbringe ich Stunden und meditiere über Afrika. Trotz meiner Kenntnisse, die ich wohl umfangreich nennen darf, halte ich weiterhin Kontakt mit der Welt der Gettos, meiner bescheidenen Meinung nach das Herz von Afrika. Dort entsteht alles, stirbt und lebt wieder auf, dank dem mysteriösen Phänomen der Reinkarnation. Niemals kritisiere ich die Verderbtheit dort, auch wenn ich im Innersten weiß, daß sie durch Massen von Unverantwortlichen zustande kommt, die sich für erfüllt halten, wenn sie volle Bäuche haben. Aber ich respektiere es. Und das aus dem einen Grund, meine Liebe: Afrika ist weder ein Faktum noch eine Gebärde, sondern eine Realität, die unseren Herzen entspringt, genau wie die Frau. Oh, entschuldige meine Unhöflichkeit, komm, setz dich doch neben mich.»

Sie durchquert langsam und mit gesenktem Kopf das Zimmer, weicht ihrem Ebenbild im Spiegel aus, Gefangene eines Gedankenwirbels, dem sie nicht Einhalt gebieten kann.

«Was kann ich dir anbieten, meine Liebe?»

«Nichts. Ich habe keinen Durst.»

«Enthaltsam?» fragt er grinsend. «Ich dachte, das sei eine aussterbende Art.»

«Und Sie?»

«Nimm's nicht so ernst, meine Liebe. Ich habe nur einen Scherz gemacht. Entschuldige mich», sagt er, steht auf und zwickt sie zart in die Wange. «Ich muß dringend kurz telefonieren.»

Allein gelassen, schaut Atcba sich erstaunt um. Ihr ist nicht mehr so übel wie in dem Moment, als sie ins Zimmer kam. Sie steht auf. Sie geht zu einem Spiegel. Sie hebt eine Hand, zieht Grimassen. Ihr Ebenbild im Spiegel hebt eine Hand und zieht Grimassen, ebenfalls mit tiefer Abscheu, wie ihr scheint. Für ein paar flüchtige Sekunden hat sie den Eindruck, das sei nicht sie selbst. Die da im Spiegel ist ihr fremd. Sie kann nicht in ihrer Seele lesen und empfindet sie doch als so nah! Sie ist sie, ohne es zu sein. Sie hat sich vor lauter Rollenspiel verloren. Entmutigt denkt sie, daß sie sich bald selbst nichts mehr zu sagen haben wird, nur den Männern, die von Frauen nur eine Idee im Kopf haben – was sie alles nicht sind.

Und in diesem Zimmer, das vom Duft des Mannes erfüllt ist, diesem ihr bisher unbekannten Duft, schließt sie die Augen, um sich wiederzufinden. Sie wartet darauf, daß ihre Körper sich wiedervereinigen. In der Ferne, hinter ihren geschlossenen Augen, hört sie, daß sich eine Tür öffnet und schließt, daß Schritte sich nähern und sie vereinnahmen.

«Was machst du da, meine Liebe? Fühlst du dich nicht gut?»

«Doch, danke.»

«Der Narzißmus ist der größte Fehler des weiblichen Geschlechts», spottet er. «Ich habe diese Spiegel nicht angebracht, meine Liebe, um meinen Körperbau zu bewundern, der mir gar nicht so schlecht gelungen zu sein scheint, sondern zum Preis der Schönheit der Frau. Du siehst mich so befremdet an?»

«Ihre Worte durchfluten mein Herz in zarten Wallungen», höhnt sie.

«Nicht wahr, meine Liebe? Aber nun komm», sagt er und zieht sie zum Bett. «Hab keine Angst . . . Ich locke dich in keinen Hinterhalt. Ich möchte dich anbeten, wie du es verdienst.»

Mit einem sanften Stoß drängt er sie, sich zu setzen. Ohne den Blick von ihr zu wenden, zieht er an seiner Hose, die sich öffnet und ihm auf die Knöchel fällt. Einen Fuß nach dem anderen zieht er aus der Hose und schleudert sie fort. Wie lächerlich er aussieht in seinen Socken, die bis zur Wadenmitte reichen, seinem Hemd, das seine Hinterbacken so teilt wie zwei Kokosnußhälften; und diesem Pfeil, der von seinem Unterleib so keck absteht. Selbstsicher nimmt er Atebas Hand und drückt sie auf seinen Penis. Die Ader auf seiner Stirn schwillt an. «Streichle mich, meine Liebe – du hast so zarte Hände.»

«Nein», sagt sie und entzieht ihre Hand.

«Warum nicht, mein Herzchen? Gefalle ich dir nicht?»

«Wenn die Frau wie Afrika ist, kein Faktum und keine Gebärde, dann ist der Mann die Tat, die sich beim ersten Kontakt aufhebt und beim ersten Wort verflüchtigt.»

«Feministin?» fragt er ironisch.

Sie antwortet nicht. Er besteht nicht weiter darauf. Er setzt sich, rollt sein Hemd über seine Brust, die über und über mit kleinen Haarkringeln bedeckt ist. Er macht die Beine breit. Er befriedigt sich selbst. Sie pfeift vor sich hin. Er stöhnt. Sie findet ihn idiotisch. Er ist vom gleichen Modell wie diejenigen, die in ihrem lächerlichen Anspruch, die Welt zu erobern, auf ihrem Marsch überall Dummheit gesät haben.

Plötzlich von Übelkeit befallen, kann sie nicht mehr zuschauen. Sie steht auf. Er packt sie mit einer Hand beim Arm und mit der anderen befriedigt er sich weiter.

«Sieh dir an, was dir entgeht, meine Liebe», sagt er und fährt sich mit der Zunge über die Lippen.

«Lassen Sie mich los!»

«Nein, mein Täubchen, nicht, bevor ich dich gehabt habe.»

Sie versucht sich zu befreien, er faßt härter zu, zwingt sie aufs Bett. Er stürzt sich auf sie, sie stößt ihn weg, er greift nach ihrem Slip, sie beißt ihn, sie will nicht, er bietet alle seine Kraft auf, sie zu unterwerfen, er drückt auf ihre Klitoris, sie bäumt sich auf, sie kneift die Schenkel zusammen, um die Hand zu lähmen, die sich mit scharfen Nägeln den Weg frei macht.

«Ich begehre dich so, meine Liebe, entspann dich.»

«Nein!»

«Doch!»

Schon ist er überall, klebrig wie der Schlamm nach dem Gewitter. Seine Zunge wühlt in ihr, sie verdreht den Kopf, er greift ihr in die Haare, er zwingt sie, ihm ihr Gesicht zuzuwenden, er will sie küssen, sie spuckt ihm ins Gesicht.

«Schlampe!»

Er fällt von neuem über sie her, drückt ihre Knie mit solcher Gewalt auseinander, daß sie die Schenkel öffnet. Er dringt in sie ein. Dieser stechende Schmerz. Sie stöhnt auf. Er hört nichts, er sagt: «Oh, das ist gut. Du bist heiß!» Sie kratzt ihn, er hält sich an seinen Worten fest, sie denkt an all die Schwänze, die ihre Mutter durchbohrt haben, und an den Schwanz in ihr. In plötzlicher Wut umfaßt sie mit ihrer Hand seinen Penis, zieht ihn heraus, zerrt, reißt, quetscht ihn, sie hat eine unbändige Kraft in ihren Händen. Sie sagt sich, daß sie es so aushält, gut bis zum Schluß so aushält. Sie will ihn zwingen, sich außerhalb von ihr zu ergießen, sie bewegt ihn auf und ab. Ein Stöhnen. Zwei Zuckungen. Vorbei. Er fällt über ihr in sich zusammen, den Kopf in der Beuge ihres Nackens. Sie erstickt unter dieser fetten Masse. Sie stößt ihn weg. Er wirkt wie tot. Sie stößt ihn stärker. Er rollt auf die Seite. Sie steht auf. Ihr Bauch und ihre Hände sind voll von seinem Saft. Ateba Léocadie verabscheut dieses weißliche, zähflüssige Zeug. Es kann gar nicht genug böse Ausdrücke für diese Sorte Dickmilch geben, die ihren Ursprung in der Hose hat und sich in die Röcke ergießt! Wirklich!

Sie steht auf, aufrecht in ihrer Nacktheit, der Frau, die dem Mann nicht mehr verfällt. Sie wird ein Bad nehmen.

Als sie aus dem Bad kommt, hat sie den Eindruck, daß sie alle Ängste hinter sich gelassen hat. Der Fettsack schläft, ein behaarter Arm ragt aus dem Bett. Langsam zieht sie sich an, schlüpft in ihre Sandalen, betrachtet dieses Stück Fleisch, das ihr Blut vergossen hat. Sie will ihn schlagen, hebt die Hand, er öffnet die Augen, sie läßt die Hand langsam sinken, er schließt die Augen wieder, öffnet sie Sekunden später erneut, noch immer blind für das Leben. Sie dreht sich um, geht dem Tag entgegen. Er packt sie am Hintern.

«Geh nicht. Bleib.»

«Ich muß gehen.»

«Du hast es gar nicht eilig.»

«Doch.»

Sie drückt die Klinke herunter, er springt aus dem Bett, er ist bei ihr und nimmt sie in die Arme.

«Bleib noch», sagt er und macht ein Gesicht wie ein kleiner Junge, der sich an Bonbons überfuttert hat. «Ich möchte die Hitze deiner Schenkel noch einmal spüren, ich möchte dich in die hohe Schule der Lust einweihen.»

«Nein!»

Er hört sie nicht, er gleitet an ihrem Körper herunter, kauert sich zwischen ihre Beine, hebt ihr Tuch, legt den Kopf zwischen ihre Schenkel und läßt seine Zunge wandern. Sie schließt die Augen, sie krallt sich in seinem Haar fest, sie bringt ihn dazu, schneller zu werden. Sie rollt die Hüften, sie reibt sich an seinem Gesicht, es soll schneller gehen, er soll sich beeilen, er soll ganz tief eindringen, sie mit seinem Schädel nehmen. Er will nicht, sie spannt die Schenkel wieder an, sie unterwirft ihn, sie bewegt sich nicht mehr. Er begreift, daß sie kommt.

Ah! Da, da, da! Ich, die keiner sah, Ich, abstrakter noch als eine Idee, Ich jubilierte. Ich dachte, die Morgenröte habe sich endlich gefunden. Ich wußte es, Ich, Zeuge von Zeit und Raum, Ich kannte die Tat des Mannes und das Denken der Frau. Ich hatte das Verlangen des einen und die Güte des anderen erprobt. Ich wußte ... Ich, simpler Geist, Ich hatte die Frau an den Beginn der Lust geführt. Meine Aufgabe ist erfüllt ... Ich war gerade dabei, mich an meiner Leistung zu berauschen, als plötzlich Ateba zu laufen anfing. Ich begriff nicht. Sie entschlüpfte mir. Ich lief ihr nach, Ich schrie aus Leibeskräften, Ich sagte, das bringe sie nicht weiter, der Aufstand sei vorbei, die Zeit, jawohl, die Zeit atme nicht mehr. Sie hörte mich nicht. Sie wollte nicht auf mich hören. Also sagte Ich mir, sie habe bestimmt ein schlechtes Gewissen.

Als Kind hat sich Ateba den Namen Jägerin gegeben. Sie fing Heuschrecken, die sie lebend an die Wand spießte. Sie hatte eine ganz hübsche Sammlung davon. Sie hielt sich Fallen für Ratten, die sie dann mit einem Rasiermesser köpfte. Sie packte Küken, riß ihnen lebend die Federn aus, bevor sie sie an einem Fuß aufhängte. Sie schaute zu, wie die Flügel flatterten, und sagte: «Wie schön das Echo der Klage klingt!»

Es wurde Nacht, bis Ich begriff, daß Ich meine Seele verlor.

Ateba sitzt Ada gegenüber. Sie weicht ihrem Blick aus. Sie redet kaum, und wenn sie redet, dann unklar. Sie sagt ihr, sie liebe den Mond, der Mond schmecke nach Honig und sei frisch wie die Dämmerung. Sie sagt ihr, wenn der Mond sich manchmal von der Sonne überraschen lasse, dann deshalb, weil sie ihn aus dem Auge verloren habe, da sie von anderem träume, oft von anderem träume, daß sie auch anderswo sei. Sie fügt hinzu, eines Tages werde sie dem Mond schreiben, denn der Mensch könne den Mond wiederfinden. Als sie schließlich müde wird, schaut sie Ada an. Das Verlangen, ihr zuzurufen, sie solle bei ihr bleiben, sich nicht vom Licht entfernen, brennt ihr schmerzlich auf der Zunge. Sie schweigt. Wie üblich. Ada hat den Schimmer der Verirrung in ihren Augen nicht bemerkt. Ada hat die Kunst verlernt, Zeichen zu entziffern.

Schnell, bevor Ada zurückkommt. Geschirr spülen, Aufräumen, Kochen. Alles muß dann nur noch aufgewärmt werden. Schneller. Ada verspätet sich nie.

Aber warum zum Teufel muß sie sich immer über ihr Tun und Lassen Rechenschaft ablegen? Sie wird die Antwort ein anderes Mal finden. Im Moment heißt es, weg, bevor Ada aufkreuzt. Kommt gar nicht in Frage, daß sie ihr sagt, wohin sie geht. Irene. Ihr Bauch. Das Kind. Das geht nicht in Adas Kopf, in dem der Mann ohne Samen existiert.

Einmal mit der Bürste über die Haare. Die Sandalen. Die Handtasche. Die Brücke. Laufen wie verrückt durch die dunklen Gassen der Welt. Am Ziel das Krankenhaus. Davor ein Portier, Typ Erzherzog mit Schirmmütze, Stehkragen und Uniform mit Tresse. Eine Menschenmenge. Alle versuchen hineinzukommen. Geschrei, Gezeter, Gerangel. Ein Krankenwagen. Hupen. Fast fährt er ein paar Kranke über den Haufen. Drängt sich durch.

Ateba nützt die Gelegenheit, durch die Menge zu kommen. Schon steht sie vor dem Portier. Sie steckt ihm einen Fünfhundertfrancsschein zu. Er öffnet das Gittertor gerade weit genug, um sie durchzulassen. Eine junge Frau, mit Kleidern vierzig Kilo schwer, wagt einen Überraschungsangriff. Sie wird mit Fußtritten empfangen. Sie weicht zurück und reibt sich das Knie. Die Volksmenge hebt einstimmig drohend die Faust, läßt sie gleich wieder sinken. Es ist zu komisch.

Die Gynäkologie: Links die Zimmer voller Gebärender und Gebrüll. Rechts eine große Glasfront mit schmutzigem Hintergrund. Schließlich lange Reihen Schwangere und der Geruch nach Blut. Punkt zehn Uhr; die Krankenschwestern dösen, und die, die nicht dösen, lassen sich mit Bier vollaufen. Und die Chefin öffnet alle zehn Minuten ihre kanariengelbe Tür und tönt: die nächste. Ateba hat die Gynäkologie immer gern gehabt, immer schon hat sie Frauen begleitet, immer hat sie das gern getan, immer hat sie die Hymne der Entbindung geliebt, immer fand sie, sie gleiche der sich entfaltenden Frau. Immer kam sie mit ihrem Sechserpack Bier unterm Arm, um die Schwestern zu besänftigen.

Irene winkt ausladend, als sie Ateba sieht.

«Ich hatte schon Angst, daß du nicht kommst.»

«Da irrst du dich. Ich halte immer meine Versprechen.»

«Setz dich neben mich, Liebes. Ich habe Angst, und mir tut alles weh.»

«Die Angst ist eine Krankheit, unter der in diesem Land jeder leidet. Es bleibt einem nichts anderes übrig, als stumm zu leiden.»

«Man merkt gleich, daß du den Schmerz nicht kennst. Ich kenne ihn. Ich bin damit auf die Welt gekommen, und ich werde damit sterben.»

«Hör auf! Er macht dich stark.» Sie möchte hinzufügen: «Er ist ein Produkt des Mannes.» Aber schon schaut Irene sie nicht mehr an; wie alle Schwangeren hat sie die kanariengelbe Tür im Auge, an der steht: HEBAMME. BITTE NICHT STÖREN. Für einen winzigen Augenblick läßt Ateba den Blick über all die Schwangeren hinweggleiten, all diese Bäuche; bevor sie sich auf Irene konzentriert. Sie sieht ihre Sandalen mit schwarzen Riemchen, ihre schlanken Beine, die aus dem seitlich geschlitzten Rock hervorlugen, ihre spitzen Brüste unter einem weißen T-Shirt, ihren Hals, ihren Mund. Sie will diesen Mund, trotz der Mattigkeit, die an den Mundwinkeln zieht. Sie möchte ihr einen innigen Kuß geben, einen Königinnenkuß. Sie streckt eine Hand aus, möchte sie auf Irenes Knie legen. Sie zittert. Ihr Körper sagt ihr, daß sie sündigt, ihr Blut sagt ihr, daß sie sündigt, ihr ganzes Ich sagt ihr, daß sie sündigt. Und so sitzt sie da, am ganzen Körper zitternd, und versucht, diese Sache zu ersticken, die sie von innen verzehrt. Die Frau und die Frau. Es steht nirgends geschrieben, es ist nie gesagt worden. Es ist nicht vorgesehen. Sie sündigt, und nichts und niemand erklärt ihr, warum sie sündigt. Es gibt nur Kauderwelsch darüber. Sie sagt: «Das kommt, weil die Sünde eine Illusion ist. Es hat die Sünde nie gegeben, die Sünde ist ein Mythos. Und

Adam und Eva? Ein Mythos. Eine Verlängerung der Kindheit.»

Ich, die Dritte im Bunde, Ich zündete eine Fackel an und erleuchtete ihr erschreckend klares Gesicht und sah die modrige Erde von Friedhöfen.

Ich stellte mir Kinder vor, Tausende von Kindern, eines neben dem anderen. Ich sagte: «Die Toten frieren nicht. Die Toten haben keinen Hunger. Der Mann hat sie so eng nebeneinander gelegt, damit sie nicht Hunger leiden, nicht frieren. Und die Frau?»

Die kanariengelbe Tür geht auf. Heraus schaut eine Frau mittleren Alters, mit rundem, dickem, nicht gerade sympathischem Gesicht und kleinen Augen, die kaum je weiter gesehen haben als bis zur Decke über ihrem Kopf. Sie ist die Chefin, und das merkt man an der Furcht, die sie verbreitet, am Respekt, den man ihr zollt, und an den Blättern und Stiften, die aus ihrer Tasche herausragen. »Die nächste.»

Irene steht auf. Ateba auch.

«Sie gehören zusammen?» fragt die Frau in sprödem Ton. Irene nickt. Bevor die Frau die Tür wieder schließt, ruft sie denen, die noch auf den Bänken sitzen, zu: «Ende der Sprechstunde. Kommen Sie morgen wieder.» Die Schwangeren murren. Die Tür schlägt zu.

«Die haben keine Ahnung. Ich arbeite seit dem Morgengrauen. Ich habe keine Minute Verschnaufpause gehabt. Es ist fast elf Uhr. Und das alles für diese Trampel. Ich hab einfach ein zu gutes Herz, deshalb mache ich weiter. Eines Tages wird es der Himmel mir vergelten.» Sie geht zu ihrem Schreibtisch, der eine ganze Wand einnimmt, und setzt sich. «Ich höre», sagt sie und legt die

Beine übereinander. Irene kommt zaghaft zwei Schritte vor, so beeindruckt ist sie von dem weißen Kittel und den gerahmten Diplomen. Sie schaut auf ihre Füße oder vielleicht auf die der Schwester und läßt die Gelenke ihrer Finger knacken. «Ich war schon vor drei Tagen bei Ihnen. Ich bin schwanger.»

«Wann war die letzte Regel?»

«Ich glaube, am fünfzehnten des letzten Monats. Ich bin aber nicht ganz sicher.»

«Hast du alles Nötige dabei?»

«Ja», sie holt Geldscheine hervor, gibt sie der Chefin, die sie eilig in der Tasche ihres Kittels verschwinden läßt.

«Zieh dich aus und leg dich da auf den Tisch. Und du», wendet sie sich an Ateba, «du wartest draußen.»

Ateba sieht gerade noch, wie Irene sich aus den Kleidern schält. Jetzt geht sie auf und ab, schaut auf die Fliesen, ohne sie zu sehen, wie man in die Luft oder den Wind schaut. Sie ist es gewöhnt, in üblen Situationen zu gehen. Sie geht langsam, konzentriert sich darauf, auf die Schwere ihres Schrittes zu horchen, das Gewicht ihres Körpers zu vergessen. Ab und zu geht eine Tür auf, sieht sie eine zwischen Bier und Myondoblättern dasitzende Krankenschwester, ein Wägelchen, eine Spritze oder den Bauch einer Schwangeren. Zwischen zwei Runden bleibt sie vor der kanariengelben Tür stehen, horcht, hört nichts, immer noch nichts, sie nimmt ihren Marsch wieder auf und versucht, sich nicht an andere solche Situationen zu erinnern, an andere Frauen.

Zwölf Uhr. Sie hat genug davon, nur ihre eigenen Schritte zu hören. Sie setzt sich auf eine Bank, schließt die Augen, versucht ein wenig zu dösen, auch wenn die Sonne ihr beinahe die Wimpern versengt. Ihr Gesicht spiegelt eine Welt, die es nicht gibt, die Landschaft einer vergegenwärtigten Zukunft. In ihrem Gesicht das Rauschen des Waldes im leisen Wind. Die aufgehende Sonne zwischen den Ästen eines Baums. Irene läuft auf sie zu. Ateba öffnet die Arme. Ihre ganze Wärme strömt in ihre Hände, und ihre Atemzüge vermischen sich.

«Alles gutgegangen, Mädchen. Der Mann kriegt mich nicht mehr dran.»

«Keine irrtümlichen Begegnungen mehr.»

«Wir haben die Sterne zu packen gekriegt.»

«Wir haben dem Leben etwas mehr Leben eingeflößt.»

Sie lachen laut los. Sie lachen, bis der Tag sich neigt. Als die Nacht kommt, setzen sie sich unter einen Baum und hören auf die Geräusche; sie beschließen, daß sie Angst haben. Sie schmiegen sich aneinander, eine wird zur warmen Höhle für die andere, und sie schlafen ein.

«Kann ich mich setzen?»

Ateba öffnet die Augen und sieht sich einer künftigen Mutter gegenüber. Die Sprechstunde ist doch vorbei. Ein Notfall vielleicht. Sie steht auf, ihre Augen brennen. Sie hat geweint, still vor sich hin geweint.

Sie sind problemlos zurück zu Irene nach Hause gekommen. Ateba hat den Eindruck, sie habe geschlafen. Aber sie hat nicht geschlafen. Sie hat die an ihr vorbeiziehende Landschaft betrachtet. Sie hat den Fahrer rote Ampeln überfahren, andere Fahrzeuge schneiden sehen und gehört, wie er über Schwarze brummte, denen man die Zivilisation in die Hände gegeben habe, ohne vorher sie selber zu zivilisieren. Sie hat sogar mit ihm gesprochen, sie hat ihm gesagt, daß er nicht im alleinigen Besitz der Wahrheit sei, er hat gemeckert, hat verlangt, sie solle das näher erläutern, sie hat geantwortet: «Mein Gedächtnis ist weg. Das Fenster zu meinem Herzen ist zu. Man muß wieder denken lernen.» Er hat sie angestarrt, hat ausgespuckt und gesagt, ihre Gedanken wären gegen die Menschenwürde. Sie hat es gehört oder auch nicht. Sie hat mit offenen Augen von einer nahen Zukunft geträumt, in der die Frau den Mythos wahr machen und den Raum bewohnen würde. Der Fahrer hat sie aus ihren Träumen gerissen, indem er sein Fahrgeld verlangte.

Jetzt ist sie in Irenes Zimmer, und Irene selbst liegt unter Decken vergraben im Bett. Ateba steht, an das Bett gelehnt, da. Sie hat die Vorhänge zugezogen, und das durchschimmernde Licht genügt, um Irenes Gesicht zu erhellen. Sie hat die Augen geöffnet, von Zeit zu Zeit weint sie oder schaut Ateba so eindringlich an, als wolle sie ihre Seele im Bild festhalten.

«Ich verliere viel Blut. Ich habe Angst.»

«Du redest immer von Angst. Ich kann dich nicht ausstehen, wenn du so etwas sagst.»

«Ich weiß, aber ich friere so.»

«Beruhige dich. Das ist normal, daß man friert, wenn man Blut verliert.»

«Ich hab keine Angst vorm Sterben. Es geht mir nur durch den Kopf, daß ich mich auf Zehenspitzen rausgeschlichen habe. Ich habe mir so sehr ein eigenes Haus gewünscht, ein richtiges Haus mit einem Mann und Kindern, verstehst du?»

«Würdest du das aushalten, die Last eines Mannes den ganzen Tag auf dir? Das ganze Jahr hindurch?»

«Aber er gibt doch Leben, durch ihn spüre ich, daß ich wirklich vorhanden bin. Ohne ihn gibt es mich nicht, bin ich nur eine Illusion, die sich nicht fortsetzt.»

«Hör auf mit dem Quatsch. Erstens stirbst du nicht, zweitens gibt es dich, weil es Frauen gibt, und drittens wirst du aus dir selbst heraus weiterleben.»

«Das sagst du nur, um mich zu beruhigen. Das sagst du immer nur, um die Angst zu ersticken.»

Ateba antwortet nicht. Aber ganz in ihrem Innern hat sie weiter für das Leben plädiert.

«Du liebst mich nicht. Niemand liebt mich. Nie hat mich jemand geliebt», schluchzt Irene.

Ateba setzt sich auf den Bettrand und nimmt die Hand ihrer Freundin. Irene zittert. Vielleicht, weil ihre Finger den Druck von Atebas Hand spüren? Ich könnte es nicht sagen. Der Ausdruck ihres Gesichts hat sich unmerklich verändert. Ihr Blick ist ins Leere geglitten, und über ihre Lippen kamen wie zufällig die Worte: «Man muß die Legende wiederfinden.»

Ateba hat weder Träume noch Gedanken. Sie hält nur Irenes Hand und lauscht dem Geräusch ihres Atems, dem Echo ihres Körpers, der ausatmet, bis er ganz ruhig wird und sich dem Licht öffnet. Es geht ihr gut so, sie befindet sich wieder in dem Zustand vor der Angst, als Irenes Mutter ins Zimmer kommt und ihr sagt, daß es wohl Zeit sei, nach Hause zu gehen.

«Ich kann nicht», sagt sie, «ich kann sie nicht allein lassen.»

«Mach dir keine Sorgen, Kleine. Ich kümmere mich um sie. Geh dich ausruhen. Das hast du nötig.»

Ateba hat sich sofort schlafen gelegt. Sie ist in tiefen Schlaf gefallen, durchdrungen von Träumen um Irene. Sobald sie auftauchte – lachend, schwebend, atemberaubend in ihrem weißen Kleid, ihrer Orangenblütenkrone vor dem Blau des Himmels –, wurde sie zu so etwas wie Giraffe und Frau zugleich, die ihren Hals unaufhörlich hin und her schwenkt, um den Kakerlaken Einhalt zu gebieten. Sie sagte, es gäbe keine Hochzeit mehr, der Mann habe, von zuviel Dunkelheit erblindet, aufgehört zu sehen, und wenn er kopuliere, bevorzuge er die Vermehrung von Larven, die das Werdende vergiften und töten.

Es ist kurz nach Mitternacht, als die ersten Schreie sie wecken. Ich, die Ich euch diese Geschichte erzähle, Ich wußte es bereits. Ich wußte, der Tod nähte sein schwarzes Kleid und saß der Frau im Nacken. Ich sah, wie er sie neu einkleidete und sich dann in die Finsternis schwang, taub für die Klagen der Sterne, das Geheul des Windes, und immer bereit, Ruinen und Trümmer zu säen. Ich heftete mich an seine Fersen, schrie, er habe kein Recht dazu, er solle zulassen, daß die Liebe die Seele zum Erstrahlen bringe und sie reinige; aber er hörte mich nicht, Ich lief ihm nach, bis Ich an das Hindernis des Meeres kam, und ohnmächtig, Jammer im Herzen, kehrte Ich zu Ateba zurück.

Sie hat sich in aller Eile angezogen, und jetzt läuft sie zu Irene, den Blick zum Horizont gerichtet. Ich sage mir, es ist unnötig, die Angst zu versiegeln, die Furcht abzuschnüren, denn der Körper muß die tiefste Verzweiflung erfahren; es ist unnötig, auch noch Material dazu zu liefern. So habe Ich mich – wie es sich geziemt – zurückgezogen und beobachte, wie der Schmerz die Materie in Stücke schneidet.

Als sie bei Irene ankommt, bildet die Menschenmenge im Hof bereits einen dichten Wall. Schon sind die Klageweiber in ihrem Element, und ihr Geheul verschmilzt mit dem Leid zu einer mißtönenden Symphonie.

Irene liegt auf ihrem Bett. Ein Taschentuch ist um ihren Kopf gebunden, um das Kinn zu stützen. Ihre Augen sind geschlossen. So strahlt das Gesicht jene Reinheit aus, die nur der Tod oder die Kindheit zu geben vermögen. Ein weißes Laken bedeckt den Körper bis zum Kinn, verbirgt die Beine, die über dem Bauch gefalteten Hände, diesen zum Verwesen freigegebenen Leib. Ateba stöhnt auf und weicht zurück. Sie weint. Sie sagt, der Tod habe den falschen Stern heruntergeholt und daß draußen die Mangobäume, die Avocadobäume sich weigern werden, die Nacht so zu betrachten.

Sie redete und redete, und Ich hörte ihr zu und sah sie sich auf der Erde wälzen, in die Erde beißen, um das Schicksal zu beschwichtigen. Ich konnte nichts tun, Ich durfte nichts tun, um den Schmerz zu lindern. Ich ließ die Tränen kommen, um das Feuer zu löschen und das Meer zu nähren; Ich ließ sie ihre Verzweiflung an Worte hängen, die einzige Verbindung, die sie von jetzt an zur Welt hatte. Ich war dabei, die letzten Sterne zu zählen, die noch funkelten, als eine dicke Frau, deren Füße gut zwei Zentner zu tragen hatten, sich ihr näherte und sagte: «Hör auf zu spinnen oder verschwinde.»

«Ich spinne nicht. Ich sage die Wahrheit, die reine

Wahrheit. Einst war die Frau ein Stern und funkelte Tag und Nacht am Himmel. Eines Tages geschah etwas Außergewöhnliches, zu dem die getretenen Gestirne beharrlich schweigen, und der Mann wurde auf die Erde geschleudert. Er trug das Leiden im Körper, er stöhnte Tag und Nacht, und die Sternenfrau litt darunter, ihn leiden zu sehen. Da sie es nicht mehr mit ansehen konnte, wie die Klagen ihn zerrissen, wollte sie ihm ihre Hilfe anbieten. Sie brachte Wagenladungen von Licht herbei und gab Tag und Nacht auf ihn acht. Sie gab ihm Licht und Liebe im Überfluß, und der Mann war bald wieder auf den Beinen. Nun, da sie ihre Mission für beendet hielt und es an der Zeit fand, ihren Platz unter den Sternen am Himmel wieder einzunehmen, packte die Sternenfrau die Koffer und wollte sich auf den Weg machen. Da merkte sie, wie heimtückisch der Mann war. Um sie zum Bleiben zu zwingen, hatte er die Wagen mit dem Licht gestohlen und das Haus mit einem Faden aus Eisen gesichert. Die Sternenfrau konnte nicht abreisen. Sie war gefangen. Sie flehte, sie weinte, der Mann wollte nichts hören und sagte nur: ‹Ich brauche dich, um aufzusteigen. Ich kann es nicht ertragen, wenn du weg bist.› Die Sternenfrau schrie ihren Schmerz heraus, sie hängte sich an seine Worte. Sie weinte sieben Tage und Nächte lang, und ihre Tränen bildeten das Meer, die Flußdeltas und die Seen. Dann . . .»

«Stopft ihr den Schnabel», wetterte ein Mann, «das ist eine Verrückte!»

«Nein, ich bin nicht verrückt, aber du . . . du, Mann, du hast Angst, daß die Röcke sich gegen dich zusammenschließen.»

«Sie ist verrückt!» brüllte der Mann.

«Eine Hexe», übertraf ihn das Zweizentnerweib.

«Sie hat Irene getötet», sagte eine andere abschließend.

«Raus», schrie die Menge.

Langsam zieht sich Ateba zurück, bis eine Treppe ihr im Weg ist. Als sie allein ist, bricht sie in Gelächter aus. Sie lacht und sagt, sie wird ihr weißes Nachthemd nähen. Sie sagt, wenn die Welt zweigeteilt ist, dann deshalb, weil der Mann der geschlechtliche Zwilling der Frau ist. Sie sagt, daß die Männer, indem sie vor ihrem Ursprung davonlaufen, mit ebendiesem Ursprung verspätet konfrontiert werden, verbraucht allerdings durch die Wartezeit; sie sagt, der Dummheit die Tür zu öffnen, heiße auch, sie der Wahrheit vor der Nase zuzuschlagen. Ateba redet, sie malt, sie wiederholt das zu Sagende auf tausenderlei Weise. Man hört ihr zu oder nicht, sie erzählt, sie wird zu einem Strom von Wörtern, Ideen, Theorien. Als sie sich schließlich in der Rede erschöpft hat, dreht sie sich auf dem Absatz um und läuft los.

Ich, Ich renne ihr hinterher, Ich flüstere ihr ein, sie solle innehalten, sich Zeit zum Nachdenken nehmen. Sie hört mich nicht. Sie läuft, sie lacht, sie weint und lacht und weint erneut über den unfairen Streich, den ihr Irene gespielt hat, über den Traum der Frau, die sich davonmacht.

An der Biegung eines schmalen Gäßchens steht – an einem geschickt gewählten Ort – unter der goldflirrenden Klarheit der Sterne geduckt das *Sainte*. Da bieten sehr junge Mädchen nach dem Motto «Unten herum verboten», aber wie geschaffen für die Sex-Fabrik, ihre noch unbehaarten Schlitzchen sklavisch für unsittliche Berührungen feil. Junge Typen, dem Laster verfallen, üben sich im Entjungfern von Brieftaschen. Taxifahrer, die an ihrer Motorhaube kleben, geben ironische Kommentare zu den

Hintern ab, die da herumlaufen. Ab und zu gellt aus dem Zwielicht ein «HURE!», gefolgt von dreckigem Lachen.

Ateba drückt gegen die schwere rote Tür und tritt ein. Sie kneift die Augen zusammen in dem rauchigen Licht. Hinten im Raum gibt es eine Tanzfläche. Funk. Disco. Slow. Hintern kleben sich an Hintern und lösen sich wieder. Viele einzelne Frauen, mit freizügigen Beinen und spitzen Brüsten. Sie tanzen, lachen, ihre Fröhlichkeit steigert sich, erhält durch das Verlangen des Mannes feine Sprünge.

Manche, auf jedem Gebiet gewitzt, in Minirock und ledergeschnürter Taille, spielen mit der Zunge und schielen nach Brieftaschen. Das Licht betont unbarmherzig die Gesichtszüge, verrät die Angst dieser Frauen, die es satt haben, sich anzubieten, und es dennoch immer noch und immer wieder tun.

Auf einem Schemel an der Theke hockend, beobachtet Ateba all diese Frauen, die tanzen und ihre Verzweiflung in ihre Bewegungen übertragen. Nach Jahrhunderten der Unterdrückung hat es die Frau schließlich soweit gebracht, ein Schattendasein zwischen Ruinen und Trümmern zu führen.

Da hat sie sie gesehen. Die Frau. Irene . . . Sie trägt ihr rotes, seitlich geschlitztes Goldlamékleid. Wenn sie tanzt, gehen die Stoffbahnen auseinander und geben den Blick frei auf lange, stromlinienförmige Beine. Sie lacht lauthals, wenn ab und zu Männerhände sich in den Stoffbahnen verirren. Langsam, wie zwischen zwei Träumen, geht Ateba mit kleinen Schritten auf sie zu. Sie darf nur langsam gehen, ganz langsam, das weiß sie, um die Reisende nicht zu erschrecken, um ihr Zeit zu geben, sie wiederzuerkennen, denn sie muß auf jeden Fall, um nicht ins Schleudern zu kommen, ihre Schritte wiedererkennen.

«Irene!»

Das junge Mädchen dreht sich kurz in ihre Richtung. Auf ihren Lippen erscheint ein nichtssagendes Lächeln. «Sie verwechseln mich mit jemandem. Ich heiße nicht Irene.»

«Entschuldigen Sie bitte.»

Während sich Ateba an die Theke zurückzieht, bleibt ihr Blick noch an jungen Mädchen haften. Der Saal ist voll aneinandergedrängter Hintern. Das viele Fett weist auf Wohlstand hin, allerdings sind da in erster Linie Matrosen und kleine Eroberer, die ihr Verlangen marktschreierisch an die Frau bringen. Ein untersetzter Mann, eine Mischung aus Muskeln und Fett, nähert sich Ateba mit gepolsterten Schultern, die Hände in den Taschen.

«Wieviel?» fragt er, während er sich eine Zigarre anzündet.

Ateba zögert. Einst kam Irene hierher und ließ ihren Schoß in absoluter Leere arbeiten. Sie verlor den Sinn für ihre eigene Entwicklung, um sich dem Mann zu unterwerfen. Sie bearbeitete die Tiefen des Nichts und verlor den Überblick. Da sie nicht mehr hinsah, fühlte ihr Körper auch nicht mehr, wurde der Körper den Sinnen abtrünnig und verkroch sich in der Undurchsichtigkeit der Welt. So gab es weder Anwesenheit noch Abwesenheit mehr. Das war die Regentschaft des Nichts. Vielleicht ... Ateba wagt kaum zu hoffen. In den Pupillen des Mannes sucht sie die Schritte der Frau ... Ihr Tanz, der Blendung erzeugt. Sie sagt: «Fünftausend.»

«Du langst ja ordentlich zu. Ich hoffe, du bist das auch wert.»

Der Mann wohnt auf der Geldsackseite. Dort sind die Wohnungen riesig, das Summen der Klingeln wird gedämpft von Teppichböden oder Orientteppichen. Das Elend der Straße wird dort an der Schwelle getilgt. Der Mann aber bewohnt ein schmales Appartement mit kalten Wänden, in dem die verspielten Möbel wie zufällig und in Eile verteilt sind: ein Tisch, zwei Stühle, ein Sofa und, nach hinten hinaus, das Schlafzimmer mit einem großen Bett in der Mitte und Nachtschränkchen links und rechts.

Kaum in der Wohnung, nimmt er sie schon in die Arme und drückt ihr einen dicken Kuß auf.

«Zieh dich aus», sagt er nervös. «Ich brauche eine nackte Frau unter den Händen. Ich habe Lust, mich mit ihr zu verschmelzen. Beeil dich.»

Sie gehorcht. Jetzt liegt sie auf dem Bett, und der Mann geht ihr an die Brüste. Er nimmt sie in den Mund, er spielt mit ihnen, er spricht von ihrer festen Form, der Zartheit der Höfe. Dann packt er unvermittelt die Beine, legt sie sich auf die Schultern, penetriert sie mit einem Schrei der Lust.

«Oh, du bist gut!» sagt er und bewegt sich kundig auf und ab. «Du hast Musik in den Hüften.»

Es tut gut. Der Körper des Mannes funkelt von kleinen salzigen Perlen. Ateba rollt die Hüften, die Lust steigt und mündet im Schlamm. Er schreit: «Nutte! Hure! Öffne dich – ich komme – Nutte! Da, da . . .» Er stürzt auf sie, mit geschlossenen Augen, halboffenem Mund und hechelndem Atem.

«Du bist gut», sagt er und belohnt sie mit einem Kuß auf den Nacken, «ich hätte dich gern die ganze Nacht.»

Ateba hat nicht einen Laut von sich gegeben. Sie

weiß jetzt, daß Irene nicht da ist. Wäre sie da, würde Ateba den Takt ihrer Schritte hören. Um ihrem Gang etwas Federndes zu geben, setzte sie immer den linken Fuß vor den rechten. Sie sagte, der rechte Fuß sei der kränkelnde, der Huf, dessen Benachteiligung ihn zum Bösen treibe. Trotzdem behalte sie ihn, der Form halber. Sie sagte, er zerstöre, zertrampele, raube und entstelle; nur der linke Fuß sei der Friedensbringer, er könne die Gewalt verwandeln, sie alle Regenbogenfarben annehmen lassen.

Ateba steht auf, geht ins Badezimmer, entleert sich, zieht die Spülung. Als sie ins Schlafzimmer zurückkommt, ist der Mann wieder in seinen Körper zurückgekehrt.

«Was machst du, Chérie?» fragt er mit schläfriger Stimme. «Komm zu mir.»

«Ich gehe.»

«Kommt gar nicht in Frage, meine Hübsche», sagt er und stützt sich auf einen Ellbogen. «Ich habe deinen Bauch für eine Nacht bezahlt.»

«Er hat sein Soll erfüllt.»

«Du mußt deine Verpflichtungen erfüllen. Dein Körper gehört mir bis zum Morgen. Ein andermal hätte ich dich gehen lassen können, aber heute abend brauche ich den Abdruck einer Frau in meinem Bett.»

«Ich kann nicht.»

Schon zieht sie sich an; er springt vom Bett auf und hält ihre Hände fest.

«Laß mich los!»

«Nein, du kleine Hure! Ich laß dich nicht los, bevor ich dich nicht . . .»

Er dreht ihr den Arm auf den Rücken und zwingt sie so, vor ihm in die Knie zu gehen.

«Ich will was haben für mein Geld», sagt er und reibt seinen Penis an ihrem Mund. «Nimm ihn.»

Er greift ihr in die Haare, zwingt sie. Den Mund bereits voll von seinen Schamhaaren wehrt sie sich. Er balanciert sich aus und dringt, die Augen geschlossen, den Kopf nach hinten, in sie ein, er will das Zäpfchen in ihrem Schlund spüren. Er stößt immer tiefer, mit schnellen, kurzen Stößen. Er stöhnt, er hechelt, er brüllt, sie nimmt ihn auf und spürt Übelkeit im Bauch. Er entlädt sich, sein Gesicht zuckt, er sagt, Gott habe die Frau auf Knien zu Füßen des Mannes geschaffen.

Ich, die Ich euch diese Geschichte erzähle, Ich spüre, daß mein Herz von Schrecken durchbohrt wird und mein Blut gerinnt. Ich sehe, wie die Frau ihre Flügel ausbreitet, dem Mann das Sperma vor die Füße spuckt und ihm einen schweren kupfernen Aschenbecher über den Schädel schlägt. Ich sehe, wie er sich mehrmals aufbäumt gegen die wiederholten Angriffe der Frau, dann zu Boden kracht. Ich schließe die Augen, halte mir die Ohren zu. Ich fühle die Apokalypse kommen.

Sie hat sich heruntergebeugt, den Kopf des Mannes ergriffen und ihn mit beiden Händen auf den Fliesenboden aufgeschlagen. Blut spritzt, verläuft, breitet sich aus, sie rhythmisiert ihre Schläge und singt dazu «Irene, Irene»; und da sie noch Leben unter ihren Händen verspürt, ergreift sie ein Taschenmesser und stößt, außer sich vor Freude, mit all ihrer Kraft zu. Endlich ein letztes Zucken. Seine Eingeweide geben nach, die Pisse überschwemmt den Leichnam unter ihr. Mit verstörten Augen und kurzem Atem sinkt sie über ihm zusammen.

«Irene, mein Liebstes . . . Das hättest du mir nicht antun dürfen! Du hast mir solche Angst eingejagt! Du kannst ja nicht wissen . . . Komm in meine Arme . . . Komm ganz nah . . . Ich liebe dich . . .»

Sie bedeckt sie mit kleinen Küssen, sie umarmt sie und flüstert ohne Ende ihren Namen, und die Morgendämmerung findet sie in ihrer langen Umarmung mit Irene.

Aber Ich, die Ich zu euch spreche, Ich gehe ins Badezimmer und komme morgens gewaschen heraus, frei von all meinen Ängsten. Selbst Gott kann sich dem Willen der Frau nicht widersetzen . . . Meine Rolle ist erfüllt. Man muß die Legende wiederfinden . . . Meine Rolle ist erfüllt.

Der Tag zeigt sich von seiner schönsten Seite. Die Sonne scheint, und eine Brise Glück schwebt in der Luft. Ich habe mein Hochzeitskleid angezogen. Ich habe ein langes mit Rüschen aus Tüll gewählt. Vor dem Spiegel habe ich meinen Jungfernkranz aus Orangenblüten festgesteckt, mir die Wangen mit dem lebhaftesten Verlangen geschminkt. So warte ich auf die Wellen von Untergang und Verderben. Ich erwarte die Ankunft der Sterne.

«Ateba!»

Sie dreht sich langsam um und schaut mich an.

«Ich habe auf dich gewartet. Heute ist unser Hochzeitstag . . . Das hast du hoffentlich nicht vergessen.»

«Mir ist schwindlig.»

«Aber Ich bin es, Ich, deine Seele. Erkennst du mich nicht?»

«Die Heldin wird lästig, sobald ihre Mission erfüllt ist – die Geschichte beweist es.»

«Aber Ich bin es, Ich . . . deine Seele! Erkennst du mich denn nicht?»

«Die Heldin . . .»

Ich begreife, daß es nichts mehr zu holen gibt. Ich sehe

sie vorwärts gehen, in den jungen Tag hinein, in die verlassenen Gäßchen. Ihre Schritte hallen auf dem Asphalt, sie geht langsam, Schritt für Schritt, der diffusen Klarheit am Horizont entgegen. Nicht der sieht sie an, sondern dieses so viel lebendigere Leuchten, das in den vielschichtigen Wassern der Frauen glüht, die da kommen werden.

neue frau

Robyn Davidson
Spuren
Eine Reise durch Australien (5001)

Anne Devlin
Die Reise nach Anderswo
Stories (12475)

Harriet Doerr
Erinnerungen an Ibarra
Roman (5571)

Veronica Doubleday
Die Kluge, die Bedrückte, die Unabhängige
Drei Frauen in Afghanistan (12388)

Slavenka Drakulič
Das Prinzip Sehnsucht
Roman (12557)

Marguerite Duras
Agatha. Atlantik Mann (5825)

Deborah Eisenberg
Reisen mit leichtem Gepäck
Stories (12877)

Fumiko Enchi
Die Wartejahre
Roman (5520)

Mary Flanagan
Bad Girls
Geschichten (5718)

rororo

C 912/1 a

neue frau

Eine Auswahl

Martha Gellhorn
Das Wetter in Afrika
Ein Roman in Novellen (12354)
Paare, Paare
Erzählungen (12511)
Reisen mit mir und ihm
Berichte (12628)

Elfriede Hammerl
Probier es aus, Baby
STERN-Einsichten (12376)
Love me Tender
Neue STERN-Einsichten (12635)

Aritha van Herk
Unter Männern
Roman (5867)

Maryse Holder
Ich atme mit dem Herzen (4620)

Susanna Kaysen
Der Mann ohne Seele
Roman (12365)

Susan Koppelman
Alte Jungfern
Short stories amerikanischer Autorinnen des 19. Jahrhunderts (12189)

Sissel Lie
Das Herz des Löwen
Roman (12584)

rororo

C 912/1 b

neue frau

Eine Auswahl

Sarah Lloyd
Eine indische Liebe
(5586)
China erfahren
Ein Reisebericht (12339)

Margaret Mead
Brombeerblüten im Winter
Ein befreites Leben (4226)

Daphne Merkin
Die Prinzessin von New York
Roman (12303)

Kate Millett
Im Iran (5062)
Fliegen (5156)

Toni Morrison
Sehr blaue Augen (4392)
Sula
Mit einer Auswahl von Essays zu diesem Roman (5470)
Solomons Lied/Teerbaby
Romane
Kassette mit 2 Bänden (5740)

Aysel Özakin
Der fliegende Teppich
Auf der Spur meines Vaters
Roman (5879)

Angela Präsent (Hg.)
Die Rückkehr zu den Männern
Das zweite Lesebuch der neuen frau
(12241)

rororo

C 912/1 c